温柔的河流

李 娟 著

浙江大学出版社

ZHEJIANG UNIVERSITY PRESS

目 录

第一辑　水边居

第二辑　饮食颂

第三辑　读书记

第一辑

水边居

从前的日子

　　我是坐船来到塘栖的。一九七八年底，知青大批返城，我跟随父母从附近的乡下返回小镇，大约五岁。虽然家里穷，积攒的破烂却不少，哪一件都舍不得扔，父母亲便雇了一只小船，一路摇啊摇，摇到塘栖去。

　　摇船的小伙子不是本地人，但对塘栖似乎很是了解，他说自己在运河上摇船往来有两年了，颇有些见识。他老气横秋地跟我们说："塘栖可是个好地方呀！"及至追问他到底好在哪里，他却又说不上来，只是一口咬定："就是很好。"

　　我从此有了一个印象：塘栖是个好地方。后来我到过其他一些名气更大的江南小镇，心里总是不服气，不肯承认它们会比塘栖好。

塘栖是运河边的古镇，因为历史悠久，本地人就爱说从前如何如何。他们口中老底子的塘栖，真有不少稀奇的地方。

镇上的人最常说："从前我们这里，河比路还要多哩。"这原本是口说无凭的了，然而有人还保留着手画的老地图，那上面能看出塘栖从前的样子来：整个小镇呈东西向的长条形状，铺开的纸面上并没有像样的马路，反倒布满了大大小小的河道。大的是运河，浩浩荡荡穿镇而过，把小镇分为水南和水北；小的是无名的支流，纵横交错，繁复如树丫，顺着这些曲折的河道，能够到达小镇深处的墙门和弄堂。

人们大多临河而住，沿着河道建起砖瓦和木头混搭的房子，白墙黑瓦，两层楼，一间挨着一间，悠长地连绵下去。一楼的屋檐向前伸出几米，也连在一起，叫作廊檐。廊檐是镇上主要的步道，河有多长，廊檐就有多长。走在廊檐下，抬头看不到天，只能看见木头椽子架起的层层瓦片。因为有廊檐，塘栖人自豪地说："我们这里落雨天不用撑伞。"

门前有廊檐的人家，也都在底下做市面。除了沿河有一排叫作美人靠的木制长椅外，廊檐下还有水泥洗衣台，隔几步就造一个河埠头。河埠头的台阶用整块石板搭建，经过天长日久的踩踏，石板变得圆润光滑，因为近水，又总是湿漉漉的，外来的人看了不免心惊，镇上的女人们早就习以为常，她们有本事在说说笑笑中稳稳地踩着石阶到河边淘米、洗菜、洗衣服、刷马桶。乡下人划船到镇上卖菜，船头堆放着新鲜的菜蔬，也有哄小孩子的玩意儿，夏天是莲蓬，冬天便是荸荠，女人们看到，多少会顺手买一点，省得再跑一趟小菜场。

我没有亲见这样稀奇的塘栖，只在小时候听人讲起这些，长大后读到《诗经》里与河泽水流有关的句子，我就想象老底子河道蜿蜒的塘栖，那些临水而居的生活场景，应该就像《诗经》里写到的日常片段一样，既嬉笑喧闹，同时又简静安详。

我到塘栖那年，镇上的小河道已经全部被填平了，成了实实在在的道路——不知道是出于什么样的考虑。没有了门前的流水，整个小镇到处都灰扑扑的，廊檐、美人靠、河埠头这些因河而来的设置也就显得多余了。只有几处路名中还保留着一点江南的灵秀水色：东小河街、西小河街、圣堂漾路、广济路……

居民们倒并不在意小镇的面貌，只是抱怨洗洗汰汰不方便了。再也不能出门就是河埠头，偷懒的人都拥到家附近的井边去洗刷，只有那些特别要清爽的主妇，宁可走上一段路去大运河边，她们的说法是："河里洗衣服到底畅快！"后来家家户户通了自来水，很多人还是愿意绕路去大运河边洗东西——镇上的人过得节俭，能省一点也是好的，讲究的最多回家再用自来水冲一冲。

因为这些变化，塘栖人更加絮叨老底子的好处，但遗憾归遗憾，塘栖人也懂得宽慰自己：房子还是从前的房子，日子也还是从前的日子，无非一日三餐，上班下班，晴天洗衣晒被，落雪围炉取暖，闲来讲笑话、听戏文，坦笃笃，慢悠悠，穷开心。

我家住在汪家湾，那一带房子都破旧，我还记得那老房子底层阴暗、潮湿，二楼架的木板也有年头了，踩上去嘎吱嘎吱响，下雨天屋里漏水，没有钱翻修屋顶，只用铅桶和脸盆接着，滴滴答答，比屋外的雨声还热闹。有一年刮台风，老房子被吹得摇摇晃晃，差点塌掉，我才知道看着像是砖砌的白墙，原来里头是竹条和黄泥，不扛冻也不扛风。难怪年年夏天我父母都提心吊胆，生怕过不了台风这一关。

然而小孩子是不管生计艰难的，觉不出穷，也觉不出苦，心思简单，眼睛透亮，灰扑扑的日子里也能看到欢喜的好辰光。

　　我记得小时候，我们那片几乎所有的人家，只要家里有人，大门总是敞开着，相熟的小孩子时常串来串去，尤其喜欢在饭时挨在别人家的饭桌边，大人看到数落几声，也就随我们去了。那时候镇上很少有饭馆，除了去单位的食堂，大家都是在家里吃饭的。我家隔壁住的人多，三代同堂，吃饭的时候一张八仙桌围得满满的，饭桌上的菜也比别人家多几碗，是我们最喜欢的去处。那家的爷爷是绍兴人，喜欢吃腌制的东西，他们的饭桌上霉干菜是常有的，不大烧肉，但是油放得足够，照样香喷喷乌油油的一大碗，看的人直咽口水。一般人家是不大分东西给旁观的小孩子吃的，除非饭桌上有特别新奇的东西，可以拿来跟孩子们逗逗趣。比如春天苋菜上市了，谁家饭桌上要是有一碗紫红墨绿的苋菜，就容易招来一群小孩子捧着饭碗等在桌边。大家都不富裕，在饮食上并不大方，只每人给一勺菜汤，让小孩子淘在白米饭中，把整碗饭染成浅浅的紫红色，那一餐饭顿时喜气洋洋起来。有一回隔壁爷爷端上桌一碗鸡蛋，样子跟平常的茶叶蛋差不多，壳敲得半碎，一只只浸在酱油汤里。隔壁爷爷很得意地说这不是一般的鸡蛋，是喜蛋。一群小孩都没听说过，大家拥在一起看他慢条斯理地剥开蛋壳，撕掉壳下的一层薄膜，从汁水淋漓中拎出一只极细的带毛小鸡仔来。隔壁爷爷笑眯眯地请大家吃，大家哄一声，笑着散开了，谁也没有去尝尝看这不一般的鸡蛋。

还有春天燕子飞进我家堂屋做窝，我又新奇又高兴。我看着它们一点一点把窝搭起来，又看着它们孵出小燕子，燕子回南方过冬之前，我家的气窗一直敞开着，方便它们飞进飞出。秋天，燕子窝空了，大人告诉我："留着窝，第二年它们还会记得回来的。"冬天过后它们果真都回来了，我觉得十分欢喜。

我也喜欢一个人待在二楼的房间里，那是用一块布帘隔出来的小小的空间，放一张小床和书桌，因为朝向西北，总是黑黢黢的，白天也得开着台灯。我在灯下做作业、画画、看书。小时候看小人书，稍大一点大人从外地带回一套《红楼梦》，我也就一知半解地看起来，后来又着迷于看张爱玲的小说和一种名为《台港文学选刊》的杂志。房间里是阴暗的，外头却十分亮堂，我时常从书本中抬起头来，从二楼的后窗看出去，看窗外层层叠叠的黑瓦，大太阳的日子，可以看出去很远。成片成片的屋檐有高有低，瓦片也颇多碎裂，显得不够齐整，然而连绵在一起，却朴素而壮观。瓦上长着翠绿的青草和浅粉的瓦松，有的人家在窗台上用破脸盆种茉莉和月季，还有不知从哪里攀上来的爬山虎，油油地绿了一大片。只看这起伏多姿的屋顶，是想象不出底下灰扑扑的小镇的，反而有种错觉，好像低头就能看到老底子碧水迤逦、船只穿梭的江南。

大约是在我上中学后，镇上水南的老房子被成批拆掉了，也包括我家那一片。可惜当然是可惜的，但大家马上又能想到好的一面："总是楼房住起来舒服。"因为被安置在不同的地方，老邻居们分散各地，不大有机会聚在一起了。

再后来，我到杭州求学工作。杭州离塘栖不远，我并不至于如宋人诗歌写的那样"望极天涯不见家"，但日子是过得不一样了。时间风驰电掣过去，等想起来回头看看，从前的日子早去得远了，而我也已懂得有过那样慢而自由的小时候是一种福气。

现在整个塘栖零星保留着一些老房子，稍具规模的只有水北老街。老街上没有住家，成了旅游景点，一间间老房子的底楼全开出店面来，卖糕点、蜜饯、枇杷膏、丝绵被，都是朴素而实在的本地特产。比起其他保存完好、规模宏大的江南水乡古镇，塘栖的名气不算大，水北老街的游人主要还是本地的：休息天携家带口出来逛逛，买些糕点，遇到熟人，说几句闲话，悠然又喜悦。我每次回塘栖，也会去水北老街走走，听满街的人说着土话，有一种"未觉乡音改"的亲厚。外头尽管白云苍狗，但在这小小的角落里，还保留着从前慢悠悠的好辰光，我觉得这样真好。

长河落日圆

《论语》不是诗，但是有诗意。我喜欢其中曾点说的一段话："莫春者，春服既成，冠者五六人，童子六七人，浴乎沂，风乎舞雩，咏而归。"除了狷狂洒脱的诗意外，我也爱文字里那一种与汤汤河流的亲近感。我在运河边长大，对于这样与水的亲近，再熟悉不过了。

我居住的小镇依运河而建，日常生活处处离不开运河，然而一年四季中，镇上的人们与运河最亲近的时节还属盛夏。

要等到小暑过后，天气才越发燠热起来。80年代，小镇上没有空调，也极少听闻谁家里有冰箱，暑气熏蒸中要觅得一点清凉，大家自有巧妙的方法。当时家家用水缸，时鲜水果买回来，洗干净了，浸到水缸里，可以取其凉意。有的人家嫌自来水不够冰，专门打来井水，将西瓜整只放进水桶里，等到傍晚切开来，瓜瓤微凉而水灵，特别解暑。

当然最解暑的方法，莫过于下午去运河里游泳戏耍了。

大人中只有男子才下水，小孩子们倒是不分性别，不管男侪儿还是小姑娘，都能到河里去玩。那时候哪有游泳衣，大人小孩都是把衣服脱在岸边，用石头压住，男的穿一条布短裤就下河了，小姑娘们会加一件布衫；也没有救生圈，有需要的就想办法找一只汽车内胎充数。水性好的男子，可以在大运河上横渡几个来回，时而潜伏水下，时而劈波斩浪，矫健若游龙。小孩子们则多聚集在圣堂漾一带，那里是运河支流，水面尽管开阔，近岸处水清且浅，有河滩和水草，是玩水的好去处。也有胆子小的孩子，怕水，只好在河埠头帮人看着衣物，或者捡些轻薄的碎石头、碎瓦片，站在岸上削水漂玩。

贪玩的小孩子一直在河里赖到日头西落，要等家里有人来喊："回家吃夜饭啦！"才肯上岸。大人走得快，小孩子们三三两两结伴回家，手里拎着拖鞋、毛巾一路打闹，赤脚在水泥路上印下杂沓的脚印。因为身上湿答答的，即使没有风的傍晚，也能感到一种轻盈、自在的凉爽。

比起暮春咏归的诗意，运河边的夏天，还要多一些过日子的闹猛和实惠。

运河边的男子，懂水性，更懂运河。游得累了，他们并不急着回家，而是在近岸处摸螺蛳、摸河蚌。我们小镇上有句老话："涨水螺蛳退水蚌。"说的就是运河里的知识：河水漫向岸边的时候，螺蛳轻巧，被浪头冲到岸边，吸附在河岸的石板上，随手一捞就是一把；而退水的时候，河蚌身体重，速度慢，不能随水快速逃走，就处在相对水浅的地方，也容易摸到。只是人在河边淤泥里行走的时候，要小心别被碎瓷片割伤了脚。

满载而归是寻常的事。

到了家，也不急着把新鲜材料下锅，大家都晓得刚摸上来的螺蛳、河蚌有泥土的腥味，要放在脸盆里用河水养一两天。等到烧的时候，螺蛳用热油爆炒，浇上浓酱，撒点葱，是最好的下酒菜；河蚌则配上咸肉，炖烂了吃。

小孩子哪里懂这是物力维艰之中的不得已，只高兴饭桌上多了荤菜，运气好还能从河蚌里吃出珍珠来，都是细小的不规则的颗粒，有的粘成团，派不上什么用场，小孩子却觉得贵重，是一种没有见识却很纯真的欣喜。

男人们懂得靠河吃河的道理。运河里物产丰饶，有各种野鱼：鲫鱼、鳊鱼、鲤鱼，还有叫不上名的小杂鱼。耐得住的性子又多空闲的人会去钓鱼，专门寻支流里僻静的河段，在岸边树荫底下一坐就是半天，没什么人往来，最多河面上有农民摇着手划船经过，悠悠荡荡，水波不兴，人亦沉静——真有垂钓溪上的古韵。《长生殿》里郭子仪想觅同心伴侣而不得，只好"怅钓鱼人去，射虎人遥，屠狗人无"，而我们运河边上，多的是上了年纪的钓鱼人，笑谈之间，也能说出一番襟抱清旷的人生道理来。大家都说大运河上航运发达，机动船多，时不时激起浪头，对钓鱼是一种干扰。但是大家又都在传，说有人就是在轮船码头一带最热闹的大运河里，用自家捏的饭团钓起了十几斤重的一条大鲫鱼。心凶而路子野的男人，会放网捕鱼，丝网、倒笼、兜网、扳网……有的是手段，比钓鱼收获丰富多了。这些人在运河里抓鱼不过瘾，有时候还要跑到野外，去田畈沟渠里翻寻，所抓的就不限于鱼了，还有泥鳅、黄鳝、田鸡，都是江南独有的野味。

运河上有国营的养鱼场，养青、草、鲢、鳙四大家鱼为主。养鱼场设在小镇之外的河面上，水下用竹桩和竹箔围拢拦鱼，水面上搭一个小竹棚，是养鱼人的休息之处，也是他们值夜班睡觉的地方。住在水上的养鱼人，要处理养鱼场的种种情况，多少也承担着一点防止人偷盗的职责。实际上，除了特别促狭爱玩的年轻人，镇上是没有人会去偷鱼的，但要是能捡漏捞到从养鱼场逃出来的大鱼，却也是惊喜和值得夸耀的。我们小镇上的人处世就是这样自相矛盾得可爱，既有清正要强的硬气，也有慧黠通透的灵巧。

元人的词里说："欲寄长河鱼信去，流不到，白鹭洲。"这里的鱼信是指情人间的通信，自有一段缠绵的诗意。但是对于实惠的镇上人来说，大家关心的是真正的鱼信：哪里的鱼多？几时的鱼肥？钓饵是用米饭还是蚯蚓，诱鱼的黄豆粉用生的好还是炒熟了好？种种琐细繁难里，包容着脚踏实地过日子的丰美满足。

从女人的眼睛看出来，运河是洗汰的场所，小到衣裳碗盏，大到床单家具，甚至污浊的马桶痰盂，世间的一切都可以放到运河里漂洗干净，然后拎回家，过一种干净明亮的生活。

运河边的小孩子们，年纪稍长几岁，都会被母亲差遣到河埠头去洗东西，最常做的是洗碗。那时做父母亲的，好像从来没有想过安全与否的问题，毕竟多少年来，从来没有听说过镇上有小孩子因为洗碗而失足跌落河里的。大人都说："淹死的都是会游泳的。"我小时候也确实听过几个吓人的传说：一说是有人仗着自己水性好，从镇上最高的广济桥顶往河里跳，结果撞到桥墩死了；还有人闷头潜游，浮出水面时来不及避开船只，头都被机动船桨切掉了。尽管有这些传闻，我们小孩子看到运河，并不觉得可畏可敬，心里仍然想要与它亲近。

我们从洗碗开始，学着帮大人分担家务。在河埠头，小孩子之间也懂得彼此关照，每逢有船队开过，激起连番浪头，大家笑着喊着互相提醒，手忙脚乱地把碗筷装到篮子里，拎上几级台阶，稍微迟一步，浪头卷过来，饭碗就跌落河里，再也捞不起来。有时候河埠头人多，小孩子们都知道按照先来后到规规矩矩排队。看到有人来洗污糟的东西，稍大一点的孩子就领着大家往上游走，另找一个新的河埠头。运河边的小孩子，就是这样学着看浪头、看眼色，在这些零碎的家务事中慢慢成长。

我是喜欢去河边洗碗的，尤其是在夏天的傍晚。至今我仍记得自己拎着竹篮，跟着隔壁姐姐一起去河埠头的欢欣，天气热，衣裳薄，赤脚踩在碧绿的河水里，特意去迎打上来的浪头，身上溅湿了也不怕。我还记得那时候家家户户都用粗白瓷碗，边沿上镶一条浅蓝色的边，每只碗底都刻着字，是各家的姓氏。

但是我的小时候也不止这些清浅的快乐和细节。

我也喜欢站在最东面的河埠头，遥遥地看向小镇的另一头：高远处云霞似锦，青山连绵，而近旁可见两岸人家密集，视线尽头是广济桥，运河上最古老的七孔石拱长桥，太阳就依着长桥缓缓地落下去。河上常有一队队运沙子的机动船，突突地驶向长桥，穿过桥洞，一直向西，不久便离开小镇的范围，再也看不到了。

那时我对小镇以外的世界一无所知，心里却已经有了隐隐的好奇，想知道这些船的来处和去处，会想象从前的日头如眼前所见的一样朝升夕落，胸中有一种空阔的茫然。如此，大运河对我而言，就不止小镇上东起里仁路、西至广济桥这有限的一段了。

后来我也看过其他壮丽的风景，然而童年长河上的落日，第一次使我感到了人生的未知和自然的永恒。

长桥秋声赋

　　司空图《二十四诗品》以"大河前横"形容沉着，以"采采流水"描画纤秾，运河边的塘栖镇实在是兼有沉着与纤秾两种气质。

　　京杭大运河自北而南，全长一千七百多千米，到了塘栖，已近尾声。直至20世纪90年代，这一段河流的航运依旧发达，镇上的人们日日看着河面上的货物运输、人客往来，这般热闹繁华，可对于自己的生活，仍有着按部就班的笃定静好。小镇周边有各种湖、漾、塘，水中养鱼、种菱角莲藕，边上田地则种茭白、荸荠，也有成片的桑树、梅树、枇杷树，一年四季都有出产，润泽的乡野间荡漾着蓬勃生机，让人喜悦世间有这样的丰盛。

沉着也好，纤秾也罢，江南小镇不知凡几，塘栖能有自己的风格气质，都与水有关。

小镇既然水系发达，自然桥也多，老底子塘栖有"三十六爿半桥"的说法。杜牧写扬州有"二十四桥明月夜"的句子，沈括《梦溪笔谈》中也称扬州"可纪者有二十四桥"，列出了二十四座桥的名字，可证城中桥之多。小小的塘栖镇，桥的数量竟然超过了作为淮左名都的扬州，是足令镇上人自豪的。如今这三十六爿半桥还剩下几座，却是难说了。我小时候常走的花园桥、八字桥，经历了一再的修葺，早已不复原来的模样，其他古桥料想不是破败坍塌，就是推倒重建了。对此我虽作悲观想，倒也未生执念：对于美好之物，我从来都是精于欣赏其盛时风光，也能坦然接受其豪华去后的败落。

我所知道的保存完好的古桥，只有广济桥了。这是京杭大运河上唯一的一座七孔长桥，也是镇上最长的桥梁，本地人习惯称呼它为长桥。长桥是如何来的？我从小听过不少传说。据说长桥将要完工时，只剩桥顶无法合龙，工匠们想方设法还是无能为力，一说是因为河里有鲶鱼精作妖，在这个故事里，最终由八仙之一吕洞宾出手，以笠帽镇压了鲶鱼精，放下龙门石，才有了长桥；在另一个故事中，出手相助的是济公和尚，他那貌似癫狂实则传奇、潇洒的形象，在民间是比吕洞宾更深入人心的，只是故事中他究竟是用帽子还是用破蒲扇来帮助搭桥的，我却是记不清楚了。我想总是因为工程格外艰巨，大家才不肯相信仅凭人力就可以完成这样的壮举，才要把神仙也牵扯进来，而人世中若能获得一点额外的看顾，也就不会觉得那么辛苦了。

后来我得到一册《唐栖志》，在上面看到可信的记载：长桥是明朝弘治年间鄞人陈守清募修的。当时运河水阔而深，旧桥倒塌，当地以船渡河，不知溺毙了多少人，陈守清谋划重建长桥，历尽艰辛：

断息割爱，弃妻屏子，赍平生筋力，所致金百两。买山采石，造舟起沉，得石若干。乃号于其地之善士，得金若干。于是声炽谤随，惧落厄堑。奔告当路，审有根柢。竟剪发走四方，同鸡晨号，顶拜跰突，各有助之者，共得金若干……守清既得金归，傲工凳石，为拱凡七，阔二丈八尺，长四十六尺。

　　原来要做成一件事，哪怕不杂私心、惠及众人，竟也要费如此繁难，受各种委屈，最后成事，总是凭着人的一股清坚志气。从此我眼中的长桥，便如建安诗歌，多了几分慷慨悲凉的风骨。

　　长桥坐落于镇西，横跨大运河，连接小镇的水南与水北。在我幼时的印象里，水北陌生而荒凉，除了隔岸能望到一排沿河的房子外，其余不过是田地、水塘，或者厂房。热闹都在水南：百货商店、电影院、大剧院、小菜场、路边的市集……本地人都在南边轧闹猛、做市面。只是这热闹由东到西，过了长桥，也就逐渐冷寂下去了。长桥再往西，是轮船码头，小镇在此处戛然而止：越过码头，既无住家，也少人迹。

　　小时候我很少有机会到长桥这边来，唯有中秋去外婆家过节，要坐轮船，去轮船码头的路上，才会路过长桥。那时赶路全靠两条腿，而我年幼步子小，走一段就嚷累，大人总说："到了长桥头才可以歇一歇。"因此我远远地看到长桥，总是感到很高兴。

　　那时候我并不懂为何母亲年年定要去乡下看外婆，我只记得路上非常难走，百般周折：要先从镇东走到镇西去坐轮船，在三家村上岸后再摆渡到对岸，然后在田埂小路上走上个把钟点，才能走到村里。那半途中必坐的渡船是乡间常见的手摇船，人多了便不稳当，全靠摆渡人在船头摇橹掌控，一船人在河面上晃晃悠悠，没有一刻钟到不了对岸。我虽然年纪小，每次摆渡也战战兢兢，心里知道害怕。有一回母亲带着我最先上了渡船，没等摆渡的和其他等船的人都上来，缆绳就松开了，船荡了出去，在河里打旋子，远远的有机动船开过来，眼看着就要撞上，幸好岸边的人叫喊着，指挥母亲把船又摇回码头，才算躲过一劫。渡船以外，还有那田间小路也不好走，尤其是下过大雨后，路面泥泞如融化的软糖，一脚踩下去，轻易提不起来。

回想起来，如此曲折的一路，只有在长桥歇脚的间隙，是轻快明亮的。

长桥石阶平缓，侧栏敦实，都可坐人。坐在桥头，好似在戏场中，各种声响从四面奔腾而来：清早的长桥上人来人往，拎着竹篮的老头老太肯定是从水南的小菜场返回的，因为那边菜蔬多，价格又便宜，他们走得慢吞吞，但是喉咙梆梆响，高声比较着小菜的价钱；推着脚踏车从桥上匆匆而过的那些人想必是赶着去上班的，他们倒不交谈，可弄出来的动静也不小，一路按着铃铛叫人让让，叮铃叮铃，车轮胎在石阶上一颠一颠，哐啷哐啷；水面之上，是轮船的汽笛声、马达声，还有船过处激起浪头拍打堤岸的声音，哗啦哗啦；近处各种小店小摊正开张，修钟表的、补鞋子的、点心店、杂货店；远远的能听到嘹亮的叫喊声，收鸡毛、鸭毛、甲鱼壳喽……

幼时懵懂，不觉得这热闹匆忙中有几分人间的辛苦奔忙，只觉得桥头的一切都好看好听。

回程总是下午，那辰光路过长桥，看见的又是另外的样子了。

若是晴好的日子，常有人家在门前腌咸菜。从前冬天菜蔬少，入秋之后腌制咸菜，是镇上的风俗。后来有了大棚菜，毕竟要好价钱，不少人家还是保留了腌咸菜的习惯，也是岁丰仍节俭的意思。我家里也腌咸菜，用的是圆肚收口的坛子：放一层晒好的大白菜，撒一层盐，母亲用拳头结结实实捶上一阵，再放白菜和盐，如此三次，最后在坛口压上石头。天寒时节，饭桌上全靠咸菜来加滋味。我幼时在长桥头看到的人家腌咸菜，却是好大的阵仗，用的是水缸，晒干的白菜堆成小山，一家子推出家中的男伢儿，叫他赤脚到水缸里去踏白菜。照理是要先洗脚再下缸的，可是那家的奶奶说不用，她笑滋滋地说：

23

"踏缸菜踏缸菜，脚越臭踏出来的菜越香。"男伢儿听了越发起劲，脚下的白菜踩得噗嗞噗嗞响。

还有在日头底下翻丝绵，也是秋意渐浓时要做的活计。如果只是做棉袄、棉裤、棉背心，那么抬一张八仙桌出来就够了，如果是要翻丝绵被，就要在门口搭竹榻板了，不然铺展不开。还需邀请邻居帮忙，两人配合，才能将绵兜扯开。做踏缸菜要有蛮力，而翻丝绵是女人的活，用的是巧劲。女人们一边嗞嗞地拉扯丝绵，一边絮絮说着各种讲究：小孩子不能穿丝绵，因为丝绵火气旺，做棉袄、棉背心，背部要做得厚一些，不然西北风刮起来，后背像有一桶冷水倒下来。

也有自然的声音。群雁南飞时清亮的鸣叫，零落的秋蝉嘶鸣，蟋蟀在桥洞底下唧唧叫，还有风吹过后，长桥侧面灌木芦苇的飒飒声。然而这些声音都淹没在笑语喧哗中，常常被忽略了。如今想起来，那人声喧闹实在是一种琐碎而温柔的市井秋声，最能描画出塘栖人勤勤恳恳、有滋有味的日子，让人心里踏实安稳。我从来不觉得秋天摧败零落，恐怕是从小留下的印象，而出门远行，亦从没有离人的萧瑟感伤，也是因为小时候的经验：无论去时还是归程，都可以在长桥头歇一歇，所以我从来都是离开和回来一样喜悦。

　　三十多年过去，长桥两岸风景早异。水南经历了拆旧城造新房的过程，不再有老底子的模样，倒是一向冷清的水北老街留存下来，成了小镇上最热闹的景点。我到后来才发现，原来水北并不如我幼时想的那样荒凉，也有几处大宅，还有耶稣堂、乾隆御碑、运粮码头……现今每逢假日，水北总是熙熙攘攘，人声鼎沸。

　　长桥还是原来的长桥，只是站在桥头所见也已不同。秋云不动，河面空阔，童年时那些可亲可喜的声音已经消散，昭示着过去的生活方式也已消失。从前过日子的地方，现在是观光游览之所，如织如潮的，不是归人，俱是过客。目力所接，是欧阳修的词："游人日暮相将去，醒醉喧哗。"满目繁华中，我想念从前的市井秋声，不免有一丝不合时宜的怅然。

小径分岔的弄堂

"弄堂"在字典里被解释为"小巷，胡同"，这种说法未免过于笼统了。一样是夹道的小路，弄堂、小巷和胡同其实各有自己的特质。我读木心的《上海赋》，老先生写上海的弄堂，就是用北京的胡同和杭州的巷子来做对比，细细写出三者不同的形态。我喜欢这种文人的较真，因为对于世间好物，理应如此慎重对待。

我第一次去北京是在春天，落地便见满城风絮，可是没有一川烟草和梅子黄时雨，空气格外干燥，柳絮也就显得恼人了。从故宫到颐和园，走路、吃饭、喝茶，那柳絮飘飘忽忽，如影随形，直落在人身上、饭碗里、茶杯里。后来抽空去胡同走了走，才觉出北京与众不同的好来。比起南方的弄堂，胡同别有一种朴实坦然：两边多是青砖平房和围墙，屋垣低矮，衬得天空高远明晰，虽不及大路宽阔，路面也颇为平整，哪怕看到不少墙面和台阶破损失修，我竟也觉得是极为相宜的，倒让胡同别有一种不修边幅又泰然自若的落拓气质。在胡同里走路，只管欣然起行，大步向前，因这北方的胡同看起来坦坦荡荡，叫人放心。

南方则地名中多"巷"字，尤其在杭州：大塔儿巷、小塔儿巷、皮市巷、孩儿巷、竹竿巷、大井巷、五柳巷、小营巷、蔡官巷、严官巷、武林巷、双眼井巷……随口就能数出十来条巷子。我在杭州上大学，学的是中国文学，有时能在诗文中读到杭州的小巷：陆游写"小楼一夜听春雨，深巷明朝卖杏花"，那南宋的深巷，正是如今的孩儿巷；还有戴望舒诗中悠长又寂寥的雨巷，也在杭州，是他曾居住的大塔儿巷。这些巷子，我都去走过。想象中小巷两旁应是粉墙乌瓦的江南民居，才堪与杭州"明转出天然"的诗意相称，但就我所见，巷子与巷子已大为不同。少数巷子经过统一整修，两边重建了仿古民居，地面铺青石板，一条巷子就是一个景点，开各种店，招徕游客，整齐是整齐，但过于新崭崭闹哄哄，不够天然。我反倒喜欢那些住满人家的寻常巷陌，两边是楼房，户户窗子上装绿色的塑料雨棚，棚子下晾衣服、晒被子，巷子的路面拓宽了，浇的柏油路，一切都为了方便生活。上学时我喜欢和同学去这样的巷子里寻小摊，吃汤圆和油炸响铃，路边也有卖豆浆的小店，还有高大的梧桐树，墙上楼顶上攀着爬山虎。错落不成体系的巷子，已不再是婉约的古诗，但也还是诗，是不用讲究格律的新诗。

我们小地方的弄堂，与大城市里的胡同、巷子都不一样。

塘栖的弄堂多，曾有"七十二条半"之说，不管两边是普通人家的房子，还是高门大户的封火墙，这里构成弄堂的两堵墙头都挨得十分近，所以逼仄狭长就成了所有弄堂的共同特点。此外，塘栖的弄堂也不甚曲折，远远地从一头能望见另一头的出口。这都还平常，唯有一种"囡煞弄堂"是塘栖独有的。所谓"囡煞"，意指藏于房屋之中。这样的弄堂，两边是深宅大院的围墙，隔十几二十米为一进，有一扇侧门开在弄堂里，弄堂的顶上是楼板，人在其中，抬头不见天日，又无灯烛，因此就算外头晴天大太阳，囡煞弄堂里头依旧一团漆黑。可惜的是，镇上的老房子被拆后，"七十二条半"弄堂差不多都随之消失了，镇上保留"囡煞"原貌的弄堂，只剩下了邻近并排着的沈家弄、郁家弄和太史第弄。太史第弄多一个弯，算一半条弄堂，现在这个景点就叫作"三条半弄堂"。

我小时候常走的园煞弄堂是沈家弄，在市新街一带，每次走我都惴惴不安。及至今日我走过的路也已不少，亦已知道，遇到难走之路，应如做戏文一样举重若轻，心里再忐忑，仍要照着设定的程式一板一眼走下去，好像《千忠戮》里的建文帝，含着悲苦惨怛，忍受种种不堪，唱一句"收拾起大地山河一担装"，一路登山涉水，最后也能走出绝境。我至今忘不了幼年时那种畏惧心情，恐怕也是因为走在园煞弄堂里那种孤零零阴森森的感觉，是小孩子所无法消化的。还好沈家弄里有一段朝天弄堂，让人在走过一段黑暗后，能看到一段亮光，喘口气，再走入下一段黑暗中。如果能遇到小伙伴一道走弄堂，那是最好，不然，能在弄堂里听到一些动静也是好的，比方说弄堂顶上的楼板咚咚咚响，是有人在房间里走动，有时还能听到小伢儿打打闹闹，男人女人相骂，甚至于掼东西、动手，一个人在黑漆漆里听到这些喧嚷，我是觉得分外安心，这种感受，就像读卡夫卡的小说，孤独、阴暗、荒诞，然而又异常真实和生动。

沈家弄虽窄而暗，我尚勇于独自穿行而过，另外两条园煞弄堂郁家弄和太史第弄，小时候的我却是绝对不愿涉足的。

从前的郁家弄是一条死弄堂，只有西面一个入口，没有出口，它与太史第弄只隔了一堵墙壁，在这墙壁的中段有一小门连通两条弄堂，人若从郁家弄进入，就要中途拐到太史第弄方能走到外头。这样弄堂分岔的奇特构造，我从来没有在别的地方见过，至于这分岔弄堂是为何原因而形成的，却是不可考证了，现在只知道这几条弄堂里都是大户人家的宅第。其中太史第弄中的老宅，乃明朝名臣卓敬后人所造。卓敬，瑞安人，洪武二十一年（1388）进士，官至户部侍郎，《明史》有传，称其"立朝慷慨，美丰姿，善谈论"，又鲠直无所避，所以他观天下大势后，向建文帝进言徙封燕王朱棣至南昌，以作防备，为此"靖难之役"后卓敬被朱棣斩杀，并诛三族。《唐栖志》记载卓敬的子孙中有逃脱的，避难塘栖，入赘宋氏，直到嘉靖、隆庆年间，才恢复本姓。史家之笔总是不动声色、微言大义，这几段记录只有细细品读，才能觉出文字背后的深意：天地不仁，世道不公，仍有坚毅忠贞之志士君子，以一股清刚正气顶天立地，亦警示后世读史之人，当知道做人应有这样端正志洁的高标。后来卓家在塘栖仍称盛族，至第七世孙卓明卿建此大宅。卓明卿有乃祖之风，与海内文士豪杰相结交，座上宾客有"后七子"中的领袖人物王世贞，而卓明卿自己也极有诗才，《桃溪书屋》声满留都。明季中叶后，率性而为之风大盛，可以想见卓明卿在太史第弄大宅中的诗书生涯，应当也是充满了鲜衣、美食、烟火、梨园、花鸟，兼有书蠹诗魔，在清风明月中阅尽人世繁华。

然而，或许是卓氏灭族逃难的经历太过惨烈，加上民间添油加醋的渲染，最后以讹传讹，如此风雅之地，在我童年所听到的传言中，竟被说成是落难王孙的上吊之所，那两条分岔的弄堂，也被当地人一并称为"鬼弄堂"。

因煞弄堂本就暗黢黢，再加上那荒唐、恐怖的传说，于是郁家弄和太史第弄在我们小孩子眼中更加显得鬼气森森。我记得那时候我和小伙伴们从来不敢单独走那两条弄堂，再胡天胡地的男伢儿，也要呼朋引伴，才敢在太史第弄呼啸奔跑而过。

我自幼莽撞急躁，所闹的各种笑话事迹，可入《世说新语》的"忿狷"篇，好在我胆子并不大，因此还不至于闯祸。对于被称作"鬼弄堂"的两条分岔弄堂，我虽然充满好奇，却并不肯轻易随小伙伴们一同前去探险。一直等到上初中后，我才第一次去走了那两条分岔弄堂。那次我与母亲上街，原本说好了要从沈家弄里过，我突发奇想，主动提出换走太史第弄——

也是因为有母亲陪着，便觉得有所依靠，于是胆气粗壮起来。我们先从太史第弄的东头进入，走到半截，再转往郁家弄。走进太史第弄，我就发现里头并没有想象中阴沉、可怕，比起我走惯的沈家弄，这里还要亮堂一些，尽管仍是囚煞在宅院中，但太史第弄一边的墙壁上开了几扇窗子，将宅院天井里的光借了进来，那日大雪，雪光映照进弄堂，更是透亮。长长的弄堂里没有别的行人，一开始我仍心中紧张，但克制着没有加快脚步，尽量如平常那样走得不徐不疾。深入弄堂腹地后，看到边上有一小门半开，母亲说宅院内有相识的人家，带着我推门进去小歇片刻。我才知道弄堂里的小门背后，都是一进一进的房屋，住着人家。母亲自去与熟人讲话，我站在屋檐下等她，看天井里雪下得纷纷扬扬，台门上、地面上、水缸沿上都积了厚厚一层雪，天色亦茫茫，上下一片白色。旁边有一户人家的爷孙俩不怕冷也站在屋檐下，做爷爷的在门口生起煤炉，将一把钢梳子放在煤炉上烤，烤得热了，借那一点热气，帮小孙子烫头发，两个人笑嘻嘻的很是高兴，我也看得高兴起来。

有了这一次的经验后，我对两条分岔弄堂少了畏怯心理，因为觉得有我认识的人住在里面，对于此地我便不再陌生了。宋人谈禅，讲究实参实悟，对于未知之事物"直须亲见一回始得"，我于那日所得的体会也差相仿佛。至今我越是碰到害怕的事物，越要走近前去看个分明，也特别欣赏那些遇事迎难而上的人，而面对人生中不同道路的选择，我也觉得理应舍易求难，这些习惯的形成大抵都与下雪那日走进分岔弄堂的经历有关。

这次的经验，好比罗伯特·弗罗斯特的诗《未走之路》所写的：

金色的树林中有两条岔路，
可惜我不能沿着两条路行走；
……
我选了一条人迹稀少的行走，
结果后来的一切都截然不同。

这两条分岔的弄堂，对我而言，也是有着如此深重的意义。

器物春秋

　　《金瓶梅词话》深刻冷峻，写到日常器物却有一种细腻温情：玛瑙雕漆方盘、银镶竹丝茶钟、金杏叶茶匙、描金盒儿、象牙筷儿、银镶瓯儿、小金莲蓬钟儿……书中文字，写及人情真伪、人性善恶，真有万钧笔力，然亦能款款描画出各种器物的可爱可恋，也是作者的怜悯慈悲，让人知晓这世界的美好之处。若将书中所写的器物一一铺陈罗列，整个晚明的衣食住行、喜怒哀乐、繁华苍凉都摊开在眼前，如读史书，而更有一种深切入骨之感。

　　器物里藏着历史。

　　塘栖是古镇，历史悠久，其中的物华天宝、人杰地灵，自有正史和方志记录，但若要知道从前那些琐碎、亲切的生活细节，则只能到日常器物中去寻找了。

塘栖人所用的日常器物里，木器是大宗。木器结实、厚重、耐用，在我们塘栖人看来，日子要过得像样体面，家里是必须要有几样大件木器的：眠床、衣橱、五斗橱、樟木箱子……小件的木器不起眼，好像不值当专门提起，但是日日要做家务活时，烧饭洗衣拾掇，还是一刻也少不了它们。老底子的人家给女儿办嫁妆，讲究的要有全堂木器，将日常要用到的床榻、箱笼、桌椅都准备得妥妥当当。有了这些沉甸甸的木器陪嫁，将来的日子就有了压舱石，让人心里安稳。《诗经》里说："以尔车来，以我贿迁。"讲的就是婚礼前接嫁妆的事。这习俗，我们塘栖也有。

我头一回听说接嫁妆，大概还是在上小学之前。那时镇上有户人家办喜事，婚礼前一天男方叫了一队小伙子到女家去抬嫁妆，声势浩大，引得四邻都去围观，我家附近的好多小孩子也跟着去凑热闹。我因为家中只有我一个孩子，大人管得严，向来不大有机会跟邻家的小伙伴们一同出去野天野地，这次接嫁妆，我也是没能亲眼见识到。等小伙伴们回来七嘴八舌说起，大家才发现各自注意的东西都不一样，有人光顾着看花花绿绿的丝绵被、枕头套，另有几个去数那些柜子、凳子、椅子加起来有多少只脚——据说大件木器是按脚来算的，还有人算不清楚嫁妆里到底有多少用场不一样的桶和盆。有个男伢儿被指定做亲那日要在新娘子陪嫁带来的红漆马桶里撒尿，因他是家中的头生子，又生得漂亮，所以大家都格外看重他。这种种讲究让我觉得新鲜，也十分懊恼没能看到那些作为嫁妆的木器，大人笑说："其实就是水桶、马桶、洗脸盆、洗澡盆，这些木器家里都有。"

可不是么，家里的用具，多的是这些木制的桶和盆。那时家家都必备大脚桶，我家也有一只。这种木器名字叫作桶，实际上是一种圆形的大木盆，底厚，盆身的木板外箍三道铁箍，深不及半尺，边沿微撇，便于端抬。大脚桶的用处很多，比如夏天可以当作洗澡盆。以前镇上普通人家的房子有堂屋、灶头间和睡房，唯独没有卫生间，冬天洗澡要去公共浴室，夏天就把大脚盆放在灶头间里，当作冲凉之所。平时大脚桶还可以用来浸泡衣裳、床单。一年四季，大脚桶没有闲置的时候。用得久了，外圈的铁箍断了，大人也舍不得轻易丢弃这样木器，找箍桶匠重新箍紧，再刷漆，又像新的一样——务必要物尽其用。

　　我家还有两只大木桶，大人说是插队时买的，返城时舍不得扔掉，一并带到了塘栖。说起来我与那水桶还有一场事故：从前在乡下一到夏天就要忙"双抢"，既要抢着收割早稻，又要赶着把晚稻秧插下去，大人们无暇他顾，便由小孩子自行在田埂边嬉闹玩耍，有一回不知怎的，玩闹中我竟抱着水桶一路翻滚，直滚到水塘里去，那时我不过三四岁，掉在水里后却知道牢牢抱着水桶的提手不放，才没有淹到水。这平常的故事里有一种惊心动魄，但是大人们后来说起，都是言笑晏晏，因为已经化险为夷，也就可以当作笑话来回顾了。禅诗唱"桶底脱时大地阔"，民间的人也有那样的自我宽慰和通脱。后来市面上有了轻便得多的搪瓷脸盆、铅桶，木盆木桶之类毕竟太沉，自然就被弃用了，那两只木桶在我家堂屋的角落里放了好久，逐渐朽烂，最后不知所终。

　　还有一种木器也是镇上家家都有的，就是八仙桌。四四方方的八仙桌必定放在堂屋里，红漆微暗，端正沉稳。八仙桌的座位有讲究，上座两席只有年长者可坐，除非家中来了贵客，才会彼此谦让一番。娇养惯了的伢儿，无拘无束的青年，到了八仙桌前，不用大人提醒，也都知道规矩分寸，进退有度。温良恭俭让，在我们这小地方，原是身教，不需要多说的。年节时亲友相聚，人数多过八个，就要搬出圆台面了，搁在八仙桌上，成为大圆桌。塘栖人平常俭省克己，但是待客大方气派，为了这一餐饭，主人家要提前三五天准备起来，杀鸡杀鸭，包春饼，做肉圆，家宴当日，主人家在灶头间里蒸煮爆炒，伶俐的客人帮忙端菜，忙忙叨叨，亲亲热热，大家围坐灯下，个个脸上都含着笑，一整年的富足都摆在桌上了。

做木器的有木匠、箍桶匠，编竹器的我们镇上称为篾匠。篾匠手巧，只要人能想到的，他们就编制得出来，大件有竹榻、竹躺椅，还有竹椅、竹席、竹筐、竹扫帚，再小到一双筷子、洗衣裳的刷子、装蝈蝈的小竹笼，都不在话下。

家中常见的竹器有竹匾。乡下人养蚕，要用最大的竹匾，蚕室里一层一层竹匾搁在架子上，桑叶碧绿，铺开放到竹匾里。进入蚕室，人不可高声大气，手脚也要放轻，只有蚕宝宝啃吃桑叶的声音不绝于耳，像淅淅沥沥下着小雨。镇上人家居处浅窄，少有乡下常用的大竹匾，但是小的竹匾多少会备几只。江南多雨潮湿，尤其春夏之交，七月里才有晴好的日子，那时主妇们必定相互招呼着将家里所有的竹匾一只只铺开在大太阳底下，晒霉干菜、芝麻、黄豆、落花生。那满心的欢喜，不啻过年过节。

饭篮也是家常不可少的。饭篮圆形，略浅，篾丝编得细密，上面有盖。以前没有冰箱，装剩菜的碗盘都直接放在桌子上，用罩子罩住，剩饭则是要用饭篮装起来，挂到通风处，可以延长保存的时间。饭篮底下容易粘饭，用过后要洗刷清理。我小时候最喜欢到运河里洗饭篮：把饭篮浸到水下，不一会儿，就有小鱼循着饭香而来，啄篮子底下的剩饭，这时候把饭篮猛地提起来，可以兜到不少小鱼，我将它们装在碗里捧回家，养到玻璃罐里。

还有一种篮子叫杭州篮。这种篮子比较深，篮底六边形，底小，上口大，提手牢靠，可以装不少东西。那辰光上街买菜，人人手里拎的都是杭州篮。竹篮轻巧也耐用，脏了用水冲一冲，晾干了，继续用。用久了篮子发黄，但依旧结实，可以装满满一篮子菜蔬。《红楼梦》里的小丫头莺儿手巧，折柳枝编花篮儿送给林姑娘，装的是一份小儿女的别致有趣，然而不及我们市井中的杭州篮有分量，里头是全家人的一日三餐，虽然俗，亦丰饶而美好。

小镇风气朴素，器皿类的用具，少有金属。我从小没有见过金器、银器，金属制品至多不过铁锅、铝壶。灶头间里的器物还是以陶器、瓷器最为常见。

碗盏、茶具都是瓷器，这是日日要用到的。陶器则有瓦瓮、水缸、米缸。家里没有通自来水时，水缸是必备的。塘栖人日常的洗汰可以去运河边，或者用井水，但是喝的水，是要用水桶到公用水龙头去接的，拎回家倒在水缸里，还要用明矾澄清。后来家家都有了自来水，塘栖人还是习惯用水缸，灶头间里总有清亮亮一缸水。水缸储水，米缸放米，而瓦瓮用处就没有那么单一了。小瓮可以用来腌咸菜酱菜，大一点的瓦瓮，底下铺一层石灰，垫上纸，上面再放东西，就可以保持干燥，储存食物不容易坏，我们称为石灰瓮。我幼时一讨零食吃，太公就去掏石灰瓮，拿出各种好吃的来：芝麻糖、云片糕、炒米粉、烘豆……那时我看小人书，有杜十娘怒沉百宝箱的故事，我看杜十娘那小小的百宝箱里好像容纳了世间所有的珍宝，一层金，一层玉，一层夜明珠、祖母绿、猫儿眼，她竟那般决绝地纷纷抛洒到河里，着实让人惊叹。我也觉得太公的石灰瓮是百宝箱，而且还要更加香甜、可爱。

佛家对于物，不执着。如今生活要过得干脆利落，也讲究"断舍离"。从前不是这样的，我们小镇上家家户户都保留着各种老旧器物，不是因为器物值钱，而是衣食艰难之际，样样东西都让人觉得异常贵重，不敢妄弃。白居易说："天育物有时。"

老底子人的那种惜物之心，是比器物还要珍贵的。

塘栖人看重的器物，也不都是实用的，有时也符合庄子说的"无用之用"。我们邻居中有年轻人闲极无聊，自学拉二胡取乐开心，寻到好的木材，也会自己动手制作乐器。他家老人说，叫花子才拉二胡，又可惜那难得的好材料，他都不听。那时候叫花子上门讨饭，确实是挨在门口拉二胡的，一般人家都是给几分钱，赶上饭时，家中主妇也会盛一碗热气腾腾的白米饭给那叫花子吃。邻居常常分不出那咿咿呀呀不成调的胡琴声，是叫花子来了，还是那年轻人制造出来的。有一年正月，那年轻人空闲下来坐在门口拉二胡，他刚讨的新娘子是个活泼的女子，笑着拿了一角钱给他，赶他去下一家门口拉。《诗经》里形容夫妻好合，是"如鼓琴瑟"，那一日的胡琴声里，不闻苍凉，却如琴瑟一样和悦动人。

乡关花树在

袁枚的诗《春风》五言八句，人多录其前四句，因那四句实在写得好："春风如贵客，一到便繁华。来扫千山雪，归留万国花。"有一种温柔而繁华的气象，如同我小时候看到的花树成林。

小时候，我们镇上的房子大多开门见河，空闲的土地不多，除非深宅大院的人家，才有地方可种花木，普通人家至多在窗台上养几盆花，或者种点小葱。镇上填河后，许多人家的屋前有了空地，但那也是舍不得浪费的，我家所在的那一带，家家户户在门前用红砖水泥砌洗衣台，上面洗衣服，底下养鸡鸭，再有地方，才会用来种树种花。

家附近最常见的植物是木槿，能长到一人高，如篱笆般围在洗衣台边上，初夏开紫色的花，并不起眼，主妇们更看重长着锯齿边的木槿叶子，摘下来搓揉出汁液，可用来洗头发。小姑娘们爱种凤仙花，因为花瓣可以染指甲。此外，还有蔷薇、太阳花，是虽不实用但极好养活的植物。明人的《长物志》里说木槿是"花中最贱"，我从小看身边的大人们忙于生计，哪有闲暇侍弄娇贵的花花草草，所以多种那些无须看顾就能泼辣生长的植物，如此的"贱"，不是低贱，是野生，是有力。

镇上也有好多树，香樟、苦楮、泡桐，还有桂花、柳树、榆树，立在桥头路口，或者从院子的墙头伸出枝叶。我喜欢香樟树，一年四季都枝繁叶茂，没有倦态，当然最好看还是它开花的时节。香樟四五月份开花，同时换叶，老叶枯黄，随风掉落，新叶嫩红，几日后逐渐转成菲薄的嫩绿。香樟花微小而细密，一蓬蓬的浅绿浅黄，不细看，就泯然于树叶中，然而那香气漫天漫地而来，霸道蛮横，花开最盛的时候，整个小镇都浸没在香樟清冽馥郁的香气中。

镇上花木着实不少，但限于地方，都不成规模，我很早就知道：要看花，就要出镇，最好的去处是超山。超山位于塘栖镇南，两地相距不过五六公里。超山以梅花出名，山上山下，凡有村居，前后必种梅树，总数当不下万株。花开时枝头粉白粉红，若云烟缭绕，连绵成片，有"十里梅花香雪海"的说法。

　　不过我小时候第一次对超山留下印象，却不是因为那里的梅花。邻居好伯伯家有个女孩，同我差不多年纪，我们读幼儿园大班那年，好伯伯骑脚踏车载她去超山玩。那时天气转暖，已过了赏梅的日子，小姑娘仍旧玩得十分尽兴，回来时脸颊红扑扑的，神气而高兴。他们在山上采了细而长的野笋，还有蕨菜，脚踏车前的车兜里装得满满的，最上面还有一束红色的花。小姑娘告诉我这花叫作映山红。我从前没看到过映山红，觉得新奇：那花并不如我平常看到的蔷薇、月季那样饱满，那红颜色也并不均匀，像在白纸上染了石榴汁，忽浅忽深，但仍然是一种热闹的红色，叫人看了欢喜。我一心想看满山遍野的映山红，对于超山，便极是向往，好伯伯说今年过了时候，应允明年一定带我和小姑娘一道去超山看梅花、看映山红。

　　好伯伯为人讲信用，说话必定算话，来年果然带了我和小姑娘同去超山。他骑的是一辆二十八寸的永久牌脚踏车，前面有横档，后头是坐凳，我跟小姑娘两个小人一前一后坐在脚踏车上，二月天气尚寒，好伯伯又将车蹬得飞快，一路上我只觉得风刷刷地从耳朵边、脸颊边过去，刮得脸上生疼，但心里是高兴的。

进超山景区要买门票，景区里有大明堂，院子里有一棵唐梅，开白色的花，院子外有一棵宋梅，开红色的花，这两棵梅树前游人最多，大家都挤着看，数花瓣——因为听说宋梅有六瓣，比寻常的梅花多一瓣。我看两棵梅树确实上了年纪，枝干开裂，布满青苔，花开亦稀疏，其实不如其他新栽的梅花开得热闹。

好伯伯说要爬到山顶上去才能看到全部的超山梅花，于是我跟小姑娘你追我赶往山上抢，要争头名，不过几分钟就直喊爬不动了，那山路是石砌的台阶，虽不算陡峭，对于小孩子来说走这样的山路还是相当吃力的。那时的大人都不作兴娇宠小孩子，我们上学都是自己走路去，家里没有老人家帮忙烧饭的，就给小孩子配一把钥匙，挂在脖子上，中午自己回家吃冷饭冷菜。但是到紧要关头，大人还是体恤顾念孩子的。那日是好伯伯一手拉一个，拖着我们上山的，走到半山腰，好伯伯也走不动了，让我们在凉亭里歇一歇。

我跟小姑娘手拉手从半山腰往下看，俯瞰之下，那万株梅树就显得轰轰烈烈了，一棵棵花树就是一团团雪白，茫茫地连在一起。我说："好像下雪了。"小姑娘说："好像天上的云，那红的是傍晚的云。"好伯伯说："那叫香雪海，我们塘栖人都知道的。"山道上络绎有人往上走，山谷里却空寂无人，只有梅花开得盛大，真如花海一般，静默、温柔又繁华。

后来我们没有爬到超山顶上，只听好伯伯说山顶上有座寺庙，庙里有个老和尚，他成家以前隔三岔五就去找那老和尚下象棋。好伯伯一生未曾远离塘栖，超山顶上的寺庙大概是他仅知的方外之地。我常听好伯伯在跟老婆相骂时说："我要到超山顶上做和尚去！"虽然是一句气话，也总归是觉得与老和尚下棋的日子清净喜悦，所以他说起这段往事时有一种和悦的神情，当时小姑娘靠在他身边，这是他们父女之间独有的温馨依恋。

回去的路上经过塘南村，那村子是枇杷产地，每户门前都种着几棵枇杷树。好伯伯去向农民讨枇杷叶，要带回家煎水喝，可以止咳嗽。枇杷是我们塘栖特产，我自幼见得多了，五六月份，菜市场外必定有果农摆了满筐满篮的枇杷，整条街上全是深深浅浅的金黄色，让人感觉到丰年的蓬勃。那日是我第一次看到枇杷树，并没有香樟树那般高大，枝丫叉开，如伞如盖，枇杷树的叶子深绿色，形状修长而舒展，枝头花已谢了，结了豆粒大小的青色果子。枇杷是冬季开花的，我们这次没能看到枇杷开花，但是农民说枇杷花小，颜色也不鲜艳，既不好看，也无香气，从来没有人专门来看枇杷花的。

那日我们在超山折了梅花，在塘南村要了枇杷叶，回去一路好伯伯骑得慢了，我坐在后头，竟然睡着了，手里的梅花也不知掉在哪里。我虽闷闷的不高兴，也无人可恼恨，都怪自己不好。邻居们说，接下去是摘枇杷、腌青梅的时候了。他们安慰我，要看花，等明年再去，反正梅花总是在那里的。

小姑娘也说："明年我们再去过！"

《西洲曲》开头两句是写梅花的："忆梅下西洲，折梅寄江北。"在诗中梅花如信笺可寄相思，现实里植物亦能起兴。不管去到哪里，只要闻到香樟花的香气，我总能记起老家桥头的那棵香樟树，从前若有人来访，寻不到地方，我都同他们说："看到香樟树就到了。"书中写枇杷树"亭亭如盖"，我也可拿来与我们塘栖的枇杷树相印证。超山我已经好多年没有回去看看了，但我确知梅花总是在那里，我也记得好伯伯和小姑娘，记得当日看到的花树如海的胜景。

第二辑

饮食颂

我家野菜饭炊香

我很小就看《菜根谭》，知道"人咬得菜根，则百事可做"的道理，我也很喜欢韩愈的诗句"疏粝亦足饱我饥"，人能做到不耽于口腹之欲，在饮食上愿意吃苦，是一种坚毅的品质，我向来极是佩服。但我还是最爱苏轼身处困厄而不改其乐的人生态度，食无肉，病无药，问人乞米，煮食野菜，仍能品出自然之至味来，更有一种在物力艰难中安顿自己的智慧。

从前大家日子都过得苦，但我看身边的大人，很多人也都有这样苦中作乐的本事。

我五岁以前跟着父母住在乡下。他们是知青，手头没什么钱，住的地方四壁萧然，平常也没有什么好吃的东西，唯有番薯产量高，堆在家里，母亲把番薯靠着墙壁都垒起来，笑称

"番薯当墙头"。屋外有自留地可以种点小菜，父亲会抓田鸡、拘蛇，为了保证我有鸡蛋吃，母亲还学会了养鸡，吃不完的鸡蛋拿去供销社卖掉，可以换盐。种种都是改善生活的方法。

所有的这些事情上，别的我都帮不上忙，只有一样——去田畈里寻野菜，我四五岁时就已经能跟着母亲去做了。

幼时我会背节气歌："春雨惊春清谷天，夏满芒夏暑相连。秋处露秋寒霜降，冬雪雪冬小大寒。"我知道立春过后，节气依次是雨水、惊蛰、春分、清明、谷雨，我们江南的乡下就进入了多雨的时节。那会儿庄稼还没有种下，田畈里空空的，泥土湿润，野草蓬勃地冒出头来。母亲说，是挑马兰头的时候了，田埂上的马兰头已经长得很肥了。

马兰头是野菜，以前是很不值钱的，因为人人都可以到野外去寻马兰头，可它的名气却相当大，至少在我们那一带是无人不知马兰头的，哪怕是小孩子。在土话中，对于马兰头，我们不说"挖"，也不说"剪"，只用"挑"字，念平声，用作动词。大概是因为春天的野菜种类太多，要在其中分辨出马兰头不是一件容易的事，所以要说挑马兰头，带有挑拣的意思在里头。

我和母亲寻常是一人拎一只竹篮，篮子里放一把小剪刀，沿着田埂一路去寻马兰头。母亲教我在一丛丛的野草中辨认马兰头碧绿而狭长的叶子，叶子边缘有粗的锯齿边，如果还分不清楚，就看叶梗的根部，若是带有微微的嫩红色，就一定是马兰头了。母亲又告诫我不要将马兰头连根拔起，只要剪下叶子即可。到今日我仍记得这些诀窍，从前跟母亲去挑马兰头的事也还记得分明。有一回我跟母亲在一条乡间小路上挑马兰头，那路极窄，两边是鱼塘，我心急要去路的另一头，因听说那一头的马兰头格外肥美。不顾母亲蹲在路边，我攀着母亲的背要自己挪过去，不想脚底打滑，竟扑通掉进了水塘里。幸亏母亲转身看见，眼疾手快将我当胸一把抓起来，我人没事，衣裳的后背全都浸湿了。对于小时候在乡下发生的事，很多我都印象模糊了，但是这一件事，我确实记得清清楚楚。那日天寒，太阳淡淡的，后来我裹着军大衣在家门口晒太阳，仍觉得寒飕飕的。母亲回水塘边去寻篮子——平时她最是惜物，那一日她是急得连篮子都扔掉了。

马兰头的吃法，袁枚的《随园食单》里有记录："马兰头摘取嫩者，醋合笋拌食。油腻后食之可以醒脾。"我们这边的吃法又不同。挑了马兰头回家，先要洗干净，然后焯水，满满一篮的马兰头，从滚水中捞起来挤干水分后，往往只有一手把。然后切得极细极碎，和同样切得细碎的香豆腐干一起，加盐，入锅快速翻炒，立即盛起来，淋上一点麻油，拌匀了，配白米饭吃。马兰头鲜嫩清香，甘甜中带一丝微苦，吃上一口马兰头，我们在饮食上才算正式入春。

后来我们回到塘栖镇上，住处附近已没有田地，母亲仍保留着在乡下的习惯：一到春天，必定要挎着篮子带着小剪刀，到镇外的田畈里去挑马兰头，这是她迎接春天到来的方式。

另有一样野菜，对我来说是比马兰头难认得多的，就是荠菜。《诗经》里说："谁谓荼苦，其甘如荠。"可见民间吃荠菜的历史，要早过很多其他的菜蔬。荠菜的叶子也有锯齿，边缘缺口较深，春天开白色的小花。我唯有等到它开花，才能认得出它，然而那时候荠菜的叶子又嫌太老，不适合食用了。

洗荠菜这活极其繁难，我小时候深以为苦。有一年春天，邻居送了一篮子荠菜给我家，那时我已十岁，能帮大人做点生活。大人把洗荠菜这活交给我，也是因为这活并无难度，只需要耐心，而小孩子是最应该培养耐心的。与剪下的马兰头不同，那一篮荠菜是连着根的，带着土和杂草，挑拣起来十分费功夫，然后再打井水，浸在脸盆里，一根根洗，洗一遍不够，还要两遍三遍，要保证菜叶里没有泥土细沙。春寒料峭，井水并不暖，我心里是恨不能把荠菜都扔了，但是毕竟知道要珍惜食物，不可任性使气，仍耐着性子把那一整篮的荠菜都洗得干干净净。

我家的荠菜只有一种吃法，就是将荠菜剁碎了和猪肉馅搅拌均匀，包大馄饨吃，那味道极其鲜美。宋人写荠菜的句子很多，苏轼说"时绕麦田求野荠"，辛弃疾说"春在溪头荠菜花"，陆游最爱吃荠菜，写了《食荠十韵》，又写《食荠三首》，他吃荠菜的方法，是"小著盐醯助滋味，微加姜桂发精神"，然而这些大诗人中却极少有人写到荠菜馄饨，我以为他们都未能解荠菜之真味。

还有一样野菜，叫草紫，据说也极好吃。家中长辈坐下来一起吃饭，只要回忆起年轻时下乡插队，说起当年吃过的种种野味野菜，必定交口夸赞"草紫炒蛋"的好吃。我反复确认是"籽"还是"紫"，长辈们却说不清楚。后来我看到周作人写的散文《故乡的野菜》，里头提到"草紫"，才知道这种野菜就是紫云英。我常常在春天的野外看到成片成片的紫色小花，只觉得好看，从来没有想到这也是可以吃的。

艾草是做清明圆子的原料。这种野菜跟马兰头一样，也属菊科，只不过它的叶子要更厚更大一些。我们镇上能干的主妇，都能自己在家做清明圆子：采来艾草，用小苏打浸泡，洗干净，然后焯水，挤干，将艾叶切碎，捣成糊状，混在糯米粉和大米粉里，揉成面团，馅料用咸菜、春笋。用艾草做出来的清明圆子颜色是深绿色的，间杂点点墨色。

也可以用棉线头来做清明圆子。棉线头也是一种野菜，用这种野菜做出来的清明圆子，颜色要偏浅、偏白一些，味道略苦，但还是很清香，我们塘栖土话里有一个顺口溜："棉线头的圆子，马兰头的馅，瞎起了眼睛吃到晚。"讲的就是这种棉线头圆子有多好吃。

从前春季蔬果不多，我们从地里挑来野菜在饭桌上唱主角，也如过节一般喜气洋洋。但凡包了馄饨做了圆子，母亲都会谆谆叮嘱：吃东西不可着急，要细嚼慢咽，再欢喜的食物也不能贪多，小孩子尤其不可馋痨。

小时候跟着母亲去田畈里寻野菜的情景还历历在目，那时我看到的是原野空旷，远远的一直可望到运河堤岸，河流之上低低的春云，岸边柳条如线，菜园外桃花初绽，安静温柔，一路春风，一路野菜，我心里感到真是快活。

一棵椿树

俗话说：当家才知柴米贵。我不当家，不知柴米贵，但我很早就知道春天的一把香椿芽能有多贵。

张爱玲有一篇小说《创世纪》，写的是她祖姨母的故事，也就是李鸿章的小女儿，里头这位祖姨母提到父亲的旧事："文靖公也是最克己的，就喜欢吃一样香椿炒蛋，偶尔听到新上市的香椿的价钱，还吓了一跳，叫以后不要买了。后来还是管家的想办法哄他是自己园里种的，方才肯吃。"我看到此处，觉得这新上市的香椿若是连李鸿章都舍不得吃，恐怕是真的很贵了。

椿树有香椿和臭椿之分，香椿为"椿"，臭椿为"樗"。这两种树，在《庄子》里都有提及。从外形上看，香椿和臭椿不好分辨，而味道则迥然不同，臭椿味冲而苦，不可食，香椿不仅鲜美有奇香，且极为长寿。《庄子》里写香椿："上古有大椿者，以八千岁为春，八千岁为秋，此大年也。"人生年不满百，面对香椿这样恒久的存在，真如朝菌之于晦朔、蟪蛄之于春秋，只有高山仰止。民间有三月食椿的习俗，当然是为了咬春尝鲜，但也未必没有长春不老的希冀包含在内。

在我小时候，香椿算是稀罕物，寻常人家的饭桌上难得一见。

我幼时所居住的汪家浃一带，民风俭朴，周围邻居在日常饮食上少有追求新奇、贪图口腹之举。我们当地的土话中，凡是瓜果蔬菜大量上市，称作"旺朝"。那时候一到春天，家家常吃的是油菜心、春笋，因为这两样东西在旺朝时价格极贱，大家都是这么精打细算地过日子。我小时候家里从来没有买香椿来吃过，也未见邻居中有人吃香椿炒蛋，原因无他，只因香椿芽实在太贵，就算快要落市，也贵过其他菜蔬。

后来我初中快毕业时，家里在塘栖镇郊的西界河村买了地基造新房子。新房子前后有空地，父母亲便在南面种了葡萄和无花果树，在北门外种了一棵香椿树。葡萄和无花果树要等两年才能长成结果，那香椿新种下去时只是一截小小的木棍，枝干笔直，光秃秃的，没成想来年枝头竟爆出许多芽头，半透明的嫩红嫩紫，叶片微卷。等到叶片稍稍舒展开来，母亲就摘下这些香椿芽，做香椿炒蛋。

香椿先要焯水，可去掉涩味，捞起挤干水分后切细，倒进鸡蛋液里，加盐，搅拌均匀，用菜油加热翻炒。加了香椿的炒蛋，色泽偏于暗淡，比单纯炒鸡蛋的黄灿灿来得老成，卖相虽不好看，味道却鲜嫩无比，唇齿留香。李渔的《闲情偶寄》里说："菜能芬人齿颊者，香椿头是也。"这的确就是我第一次吃香椿炒蛋的感受。

古话说："门前一棵椿，青菜不担心。"这话真不假。我家北门口的这棵小小椿树，年年爆出密密的芽头，单是我们家三口人，吃都来不及。那些年谷雨前后，家里来了客人，母亲必定要去树上剪一把香椿芽，多算一个菜。香椿炒蛋也成了我家饭桌上的常见之物，而且我家的香椿炒蛋，鸡蛋少，香椿多，皆因我家的香椿容易得到，又不费一分钱，而鸡蛋还要花钱去买。但是再好吃的东西，天天吃，也会腻味，于是我父母想出了很多不同的吃香椿的花样。一种是香椿炒肉末，有精有肥的猪肉末用油爆香，再倒入切碎的香椿一起炒匀。还有是凉拌香椿，这道菜做法最简单，把香椿焯水后沥干，加入自家喜爱的调味料拌拌就可以了。后来我母亲从油炸虾饼中得到启发，用加了鸡蛋的面糊裹住整棵香椿芽，用滚油炸，这种油炸香椿干爽酥脆，可以空口吃，或者给我父亲当下酒菜吃。

但是有一种香椿的吃法，我家却从来没有尝试过，即香椿拌豆腐。梁实秋和汪曾祺的文章里都写到过这一道菜，做法差不多，都是将香椿用沸水烫过，切成碎末，加调味料，与豆腐同拌。汪曾祺称赞这道菜："一箸入口，三春不忘。"我家不做香椿拌豆腐，可能是因为这道菜的主要材料是豆腐，所费香椿不多。

邻居看我家如此大手大脚地挥霍香椿，笑说我家是把贵货当成便宜货，是凤凰麻雀换巢——贵贱颠倒了。

然而只有在乡下生活过的人，才知道辛勤耕种、欢喜收割才是对庄稼最好的爱惜。我父母亲年轻时都下乡做过农活，挖番薯、割稻子，自家菜园里收小菜，毛豆一株株连根拔起，韭菜和小葱一把把地剪下来，那都是让他们心里感到满足安定的事。他们从衣食不足中经历过来，看不得瓜果蔬菜老在枝头，或者烂在地里。

香椿树的芽头只嫩数天，很快就在枝头转绿，便不能食用了。但是采下来吃不完，那就更是糟践了。母亲想了一个方法，将吃不完的香椿芽在沸水里余烫后，用保鲜袋装好，放到冰箱里冷冻起来。要吃的时候再解冻，切碎了炒鸡蛋、炒肉末。这样处理过的香椿芽，当然比新鲜采下的时候滋味要差一些，正如俗语所谓的"雨前椿芽嫩如丝，雨后椿芽如木质"，冷冻后的椿芽也大不如前，但毕竟也是留住了春天的味道。

香椿树长得快，每年要修枝，甚至去顶。我家门前的这棵香椿树干笔直，少有旁枝，多年下来没有长得太高——香椿不可长得太高，因为春天不好采芽头，也有老人家说"香椿过房，主人恐伤"——这都是我父亲年年修剪的结果。那些年我读高中，后来又在杭州读大学，父母亲正当壮年，日子过得勤恳俭约，家里一切妥妥帖帖，夏天葡萄丰美，无花果在枝头累累可爱，春天过后，饭桌上仍可见到香椿。那阵子只觉得桩桩件件都称心如意，真是我家最好的辰光。

我生性多虑，盛时常忧萎败，好比《红楼梦》里林黛玉天性喜散不喜聚，我是及至事情真到了眼前，反倒松一口气，觉得不过如此了。多年后我家的新房成了旧房，拆迁的事说了很久，终于成真了。我父母亲心里是满意的，因为连一块石板、一棵树都有价格，可以补偿，且屋顶已经严重漏水，修修又要花一笔钱，倒不如拆了好。我只记挂那棵香椿树，不知道会不会有人挖了去换地方重新种植，那也算妥善安置了。母亲告诉我恐怕是连同房子一道被推平了，除非值钱的大树，才会有人要买。杜甫说："天上浮云似白衣，斯须改变如苍狗。"对于人世里已经发生的种种变化和失去，原也可惜不得，我心肠硬，亦不喜人诉苦抱怨，当下也只有朝前看，无谓伤感。只不过对于我家来说，香椿又成了昂贵的时鲜菜，难得上桌了。有一年香椿芽新上市的价钱竟卖到了近百元一斤，我在菜场里听到来买小菜的老人家感叹："真是头茬香椿二茬芽，物以稀为贵啊！"

我想念我家的那棵香椿树。

豌豆的搭配

我读古典小说，有时舍本逐末，喜欢看里面琐碎浮面的生活细节，尤其是有关饮食的描写，因为觉得再悲观哀世的小说，只要一写到食物，多少有一种对于人世的眷恋，让人有踏实温暖之感。

写吃的，传奇类的不及写家常的小说来得好。

《水浒传》里，好汉们最向往的生活就是"大家图个一世快活"，其中少不得有"成瓮吃酒，大块吃肉"的说法，书中所写的食物，不外乎牛肉、羊肉、肥鸡，乃至狗肉，粗豪然而单调，没有搭配，不够好看。

到了世情小说，里面的食物就考究多了。曹雪芹笔下的茄子要十来只鸡去配，才能做得出荣国府里的一道茄鲞，日常菜品工序如此繁复，方可见出钟鸣鼎食之家的排场。《红楼梦》里不要说那些安富尊荣的主子，就是丫头中也有极懂吃的人物，晴雯真率刚直，亦任性娇惯，所以丫头中以她最挑嘴，包子要吃豆腐皮做的，想吃芦蒿，又嫌肉炒得油腻，特意指定要面筋配芦蒿，真是能吃出名堂来。《金瓶梅词话》写饮食也极为好看，西门庆家里，早饭吃黄韭乳饼、醋烧白菜和红糟鲥鱼；下酒用糟鹅胗掌、木樨银鱼鲊；就是家常吃饭，赏给下人的菜肴，也有"一碟鼓蓬蓬白面蒸饼，一碗韭菜酸笋蛤蜊汤，一盘子肥肥的大片水晶鹅，一碟香喷喷晒干的巴子肉，一碟子柳蒸的勒鲞鱼，一碟奶罐子酪酥的鸽子雏儿"，一道道铺陈出来，不必解说，单看菜名，就觉得花团锦簇，异样丰盛。

会吃者必定善搭配。

袁枚是美食家，他的《随园食单》里有专门的"搭配须知"，讲食物的搭配。袁枚的方法是："要使清者配清，浓者配浓，柔者配柔，刚者配刚，方有和合之妙。"相比之下，我更喜欢苏轼的大胆。苏轼说："无肉令人瘦，无竹令人俗。"他用竹笋配猪肉，雅俗肥瘦搭配，有冲突之感——正如我们塘栖的油豆饭。

油豆即豌豆。

豌豆有青豌豆和白豌豆之分，我们当地产的是青豌豆，土话中称为"油豆"，可能是因为剥开豆壳后，里头的豆子油光锃亮，粒粒滚圆，因此得名。和豌豆同时上市的蚕豆，外形就朴实多了。幼时我家那一带的小孩子都会用这两种豆子做小金鱼，两颗豌豆做眼睛，用火柴梗把它们连在蚕豆两侧，再摘一片木槿树叶做尾巴。那时小孩子少有买来的玩具，都是随四季变化就地取材，捞蝌蚪，捞鱼，抓蛐蛐儿，打雪仗。这种豌豆蚕豆小金鱼，新鲜别致，是晚春才有的好玩意儿。

不同的豌豆吃法不同。北京有一种小吃叫作豌豆黄，是用干豌豆浸泡磨碎去皮后再制成的，加了糖，成品的豌豆黄呈浅淡的金黄，吃起来清甜细腻。这种小吃开始在民间流行，后来传入清廷，经过改良，成了宫廷小吃，所以让人觉得有富贵气。

我们的青豌豆一般是炒来吃，或者加在糯米里煮成油豆饭。不管哪种吃法，必与咸肉搭配：豌豆甜嫩，咸肉味重而香，也是一种冲突的搭配法。

油豆饭是我们这里春夏之交家家都会做的，只要糯米、豌豆、春笋、咸肉四样材料，搭配分明，做法简单，却扎实有分量，让人吃得饱，也吃得好。

油豆饭做得好不好，关键在于材料。

咸肉要鲜香。我们家吃的咸肉都是自己腌的，不用一般的猪肉，而是买整只猪后腿。冬至过后才可以开始腌制，天气不够冷的话，腌的肉里会生虫。腌咸猪腿是我父亲的活，因为需要出大力气，也颇费时。猪腿先要洗净晾干，然后用盐搓揉，讲究的人家会将盐和花椒放在一起炒过，我家只用粗盐。搓揉这个步骤最关键，必须要戴上塑胶手套，狠命地将盐揉进肉里，诀窍在于用力、均匀。搓盐一次是不够的，因为猪腿肉厚，如果腌制不够，里面的肉会有霉味，所以要放两天，再搓盐，总要重复三到四回。搓过盐的猪腿放在大脸盆里，若是一般的肉，腌十来天就可以了，猪腿则起码要腌四十多天，然后才能挂到通风处晾晒。腌好的咸猪腿肉，干爽咸鲜，肉质有嚼劲儿。至今我仍觉得父亲腌的咸肉滋味要赛过我们浙江著名的金华火腿——火腿肉总是偏于干瘦。我也吃过西班牙火腿，在地中海边的一个小镇，肉店里用钢制的火腿架固定火腿，现切现卖，薄薄的一片片，却又太嫩了，且是生吃的，我吃不习惯。

父亲爱听好话，他腌的咸猪腿也确实比别家的更好吃，他常将腌猪腿肉切块分给亲戚朋友，得到称赞，便欣然有喜色。

腌咸猪腿是我父亲的活，烧油豆饭则是母亲的事了。

糯米要提前浸泡，笋必须选春笋，若是冬笋味道就不对了。豌豆没有别的讲究，只要新鲜，最好是现吃现去地里采，豆壳上还带着地里的露水气，豆子成熟得要恰到好处：自然不能太老，过嫩了捏捏成了一汪水也不行。

做法是简单的：将咸肉和春笋都切成丁，不用油，将咸肉先放到铁锅里，把油脂煸出来，然后倒入春笋丁和豌豆一起翻炒至半熟——这样烧出来的油豆饭，豆子还是碧绿的——最后倒入糯米加水拌匀煮熟。糯米香软，春笋与豌豆都是时鲜，咸肉经过一冬风霜，极入味鲜美，吃油豆饭不需要特别的节日，但是一锅子油豆饭端出来，小孩子们是比过节还要高兴的。

我读小学时，有一年学校组织野炊，一个班分为几个小组，组里人人都有任务，哪个带锅，哪个带砧板，哪个准备食材，每人自带碗筷。到了野外，老师教我们用砖头搭灶，捡小树枝生起火来，再拾柴禾烧饭。四五年级的小学生，不懂做饭的章法，手忙脚乱，将豌豆、春笋丁、咸肉丁一股脑儿全部倒进糯米里，最后竟然也烧出了一锅油豆饭。卖相并不太好，豌豆焖得发黄，咸肉大小不均，但是用柴禾烧出来的饭格外香。油豆饭盛在粗瓷碗里，揿得结结实实，野外春风有力，猎猎而来，少年人不畏风，大家高高兴兴站在风地里吃饭。我吃了好大一碗。

豌豆的做法不多，我看过苏轼的诗里写到过豌豆大麦粥，清代薛宝辰的《素食说略》里也记有简单的吃法："去荚，以冬菜，或春菜，或豆腐丁同煮，均佳。稍老则以盐、姜米加水煨熟，尤腴美。"但我更喜欢将豌豆和咸肉放在一起做油豆饭，这种刚柔并济、不拘一格的搭配，有民间的草莽气。至今我仍在每年的春夏之交都烧油豆饭来吃。

豌豆上市短暂，吃完油豆饭，豌豆、春笋一道落市，春天也就过去了。

岂无青精饭

　　江南的夏天来得迅捷而悄然。连绵春雨，忽有一日晴好，那气温就蹿上来了，看看门前的果树，不觉已梅黄李青。

　　立夏是入夏后的第一个节气，比起清明、冬至这样与祭祀祖先相关的节气，立夏算不得有多重要，但在塘栖，老底子传下来的迎夏风俗也不少。

　　对于岁时节令的种种习俗，我心里是有一种疏离感的。我自幼极坐得住，一个人看书写字，并不觉得难熬，反可于冷清中感到喜悦，一切需要做给别人看的仪式我也都不喜欢，热闹欢庆如过年，对我而言亦不过寻常。我只求安耽，因此面对繁复的礼俗往往简化了事，这是偏于天性和理性的选择。然而看别人家忙忙碌碌、有条不紊地过年过节，人来客往，百事妥帖，我又觉得这里头有一种民间的智慧，温厚、慷慨、包容。我小时候看大人们在年节前洒扫庭院、杀鸡杀鸭，不免事多焦躁，磕磕碰碰，但到了正日子，大家脸上都喜滋滋的，就算前一天相骂过，在这一天也都要客客气气，彼此笑脸相对，所以感情上我又极愿亲近逢年过节时才有的那种繁华和悦。对于老底子约定俗成的各种规矩，我常有这样情理冲突、难以分明的矛盾心情。

小时候我家过立夏是简单的。因我父母是双职工，家里没有老人同住，既无帮手，平常也少有空闲，立夏当日，不过用开水煮几个鸡蛋应景，后来镇上兴起吃立夏饼，他们也会去街上买来吃。邻居中除非三代同堂居住的人家，家中老人知晓老底子的各种规矩，也有时间来操持，才会在立夏这样的节气也过得特别讲究。

我们隔壁就有这样一份人家。隔壁的爷爷时常喉咙梆梆响，是个有火气的人，但他的脾气也仅止于此，不顺心的事喊过骂过就算数了，而他心底热情仗义，有一股侠气，邻居中有打小孩子的，或者夫妻相骂在家里砸东西的，其他人看热闹，他却会跑去劝架，甚至于教训那动手的大人："不可以这样打小孩的！"也不怕人家说他多事。隔壁的奶奶却安静蔼然，我印象中她头发灰白，剪至齐耳，总是梳得整齐清爽。她待人和气，邻近的小孩子们放学回来，家里没有大人在，都愿意拥到她跟前去，在他们家的堂屋里做作业。

立夏时隔壁爷爷也煮鸡蛋，他煮的是五香茶叶蛋，用土鸡蛋和隔年的陈茶叶：土鸡蛋煮熟后，轻轻把蛋壳敲碎，放入茶叶水中再煮，生抽调味，一点点老抽调色，加八角、桂皮、茴香。这样煮出来的茶叶蛋极入味香浓，剥开来也特别好看，蛋白上纹理细碎，如瓷器上的冰纹。

隔壁奶奶则会做立夏狗。

立夏狗是用糯米粉做的，也掺一点晚米粉，与做清明圆子所用的材料差不多，只不过立夏狗做得小，里面是没有馅的。隔壁奶奶手巧，我们小孩子围着看她把一小团米粉在手里揉捏，慢慢的头出来了，两只小耳朵，尾巴往上微微翘起，四只小脚不能太长，只是做个大概的意思，不然蒸熟了会塌，最后在眼睛的部位嵌上红豆或绿豆。隔壁奶奶做的立夏狗是白色的，放在手上小小一只，栩栩如生。立夏狗吃起来并无特别的味道，大人是为了讨个彩头，因为老话说"吃了立夏狗，东西南北走"，寓意小孩子健壮如小狗。小孩子们则是稀奇那米粉做出来的小狗的样子，我五六岁时第一次看到立夏狗，只觉得敦实可爱，连带着觉得立夏这节气也分外可爱了。

后来我在街上看到过小摊上在卖的立夏狗，五颜六色，是挤了各种蔬菜汁到米粉里调颜色，青色的加了艾草，金黄的是加了南瓜，还有紫红色的，用了紫薯。这一盘盘缤纷的立夏狗摆在台面上，于敦实之外，又多了华丽。

还有给小孩子称重量、斗蛋，都是立夏的习俗。

所有这些，都没有乌米饭来得重要。隔壁奶奶说："立夏总是要吃一碗乌米饭的。"隔壁奶奶有很多"总是要如何如何"的说法，比如：清明总是要去上坟的，端午总是要吃粽子的，中秋节总是要一家团圆的，冬至总是要拜阿太的，过年饭桌上总是要有一碗鱼的……种种说法，没有商量讨论的余地，也不解释来龙去脉，只是因为老底子都是这样的，她便一一奉行，再繁难的事，亦勤勤恳恳去做，毫无怨言。

我在书上常看到乌米饭，知道乌米饭真是老底子传下来的东西。

乌米饭，即青精饭。唐朝杜甫的诗歌中曾提到过："岂无青精饭，使我颜色好。"《杜诗详注》里引南北朝时陶弘景的《登真隐诀》，记录了青精饭的做法：

太极真人青精干石𩜋饭法，用南烛草木叶，杂茎皮煮，取汁浸米蒸之，令饭作青色，高格曝干，当三蒸曝，每蒸辄以叶汁溲令浥浥，日可服二升，勿服血食，填胃补髓，消灭三虫。

《登真隐诀》是道家之书，可见青精饭最早是与道家有关的。陆游也说："道士青精饭，先生乌角巾。"古人吃青精饭，是有养生之意在其中的。

南宋时林洪写烹饪书《山家清供》，开篇就是青精饭。林洪所写更加细致，里面记了两种青精饭的做法。一种是民间日常所吃的青精饭：

按《本草》：南烛木，今名黑饭草，又名旱莲草，即青精也。采枝、叶，捣汁，浸上白好粳米，不拘多少，候一、二时，蒸饭。曝干，坚而碧色，收贮。如用时，先用滚水量以米数，煮一滚，即成饭矣。用水不可多，亦不可少。久服，延年益颜。

还有一种，则与道家修炼有关：

仙方又有青精石饭。世未知"石"为何也。按《本草》，用青石脂三斤，青粱米一斗，水浸三日，捣为丸，如李大，白汤送服一、二丸，可不饥。是知石脂也。

这种青精石饭，是专给修道辟谷的人吃的，因他们不吃熟食，才用这个做法。

隔壁奶奶做的乌米饭，不如古人那么考究复杂。第一步是采南烛叶，我们当地叫乌饭树叶，叶片椭圆形，边缘有很细的锯齿，结黑子。因其叶与一般的常绿灌木很相似，不好分辨。我母亲立夏从来不做乌米饭，就是因为郊外灌木多，她分不清哪种才是乌饭树。叶子采来之后，去掉叶梗，洗干净，放在清水中用手不断挤捏，也可以放在搓衣板上揉搓，直到叶片稀烂，然后滤掉叶渣，只留汁水。隔壁奶奶做乌米饭用的是糯米，糯米要在乌饭树叶的汁水中浸泡一晚，第二天捞出来，再按一般的方法煮饭，水略微少放些，因为前一晚糯米已经吸饱了水，若按平常水量，煮出来的饭就会太烂了，倘不嫌麻烦，也可以隔水蒸，则饭更有嚼劲儿。

煮好的乌米饭，饭粒颗颗分明，乌油油、香喷喷，吃的时候可加白砂糖，也可配咸肉，清甜而香糯。

因为做乌米饭有难度，且要花工夫，所以立夏时我们那边也不是家家都做乌米饭。每年隔壁奶奶做了乌米饭，一定会分给周边几户邻居，她说立夏吃了乌米饭，可以防蚊虫叮咬，不许大家客套推却。我家必定能分得一碗，我拿乌米饭来蘸白糖吃，真好吃。

如今我住在山里，对于节令的变化，感受就更加分明了。几场新雨，窗前的山坡绿意转浓，野花次第而开，常有粉蝶翩跹其间，布谷鸟一声声叫着，白日变长，已是初夏了。屋外的山坡上有乌饭树，我采树叶，浸糯米，竟也在立夏那日给自己做出一碗乌米饭来。

我并非爱过节，但我一直记得隔壁奶奶的话："立夏总是要吃一碗乌米饭的。"

白娘子与端午粽

端午从来是大节，明清小说但凡与人情世态有关的，必写及端午。

《红楼梦》里过端午，是从贾妃赐家人节礼开始的，所赐有玛瑙枕、香如意、红麝香珠这样的贵重之物，也有寻常可见的扇子、香袋、竹席、纱罗之类，到了端午当日，蒲艾簪门，虎符系臂，家中治酒席，众人赏午。相比之下，《林兰香》里对于端午所吃之物写得更为分明："满宅内各门各户，高贴云符，双插艾叶。早饭后都在康夫人房里饮雄黄菖蒲酒，林、燕、宣、任、水五家，俱送彩丝、角黍、桑椹、樱桃等物。"

端午正当一年中最好的时节，天气和煦，草木繁盛，虽有虫毒滋生，也有应对之法，各种避毒祛邪的举措，民间做得端然又欢欣，让人定心于人世的循循安稳。

然而若要追根究底，端午节的由来其实都与一些悲伤的故事有关。闻一多写《端午考》，列举几种端午的起源，有纪念屈原、介子推、伍子胥、曹娥诸说：屈原忠而被逐，自投汨罗而死；介子推坚拒名利，宁可抱木焚死；伍子胥被诬自尽，死后被投入江中；曹娥至孝，为寻父而投江。这几个人，皆将忠义仁孝置于生死之上，因而我看端午的起源，于伤感之外，亦有悲壮。

我小时候不知道与端午有关的这许多历史人物，只在《西湖民间故事》里看过白娘子与许仙的传说。

传说中，许仙住在清波门，与白娘子和小青相遇在西湖断桥，这些都是杭州人再熟悉不过的地名，而这个故事中最惊心动魄的情节，却没有发生在杭州。白娘子与许仙成亲后便搬到镇江，开药店过生活。端午佳节许仙强要白娘子喝雄黄酒，因是风俗，雄黄酒能驱恶避邪，白娘子推却不得，喝下酒后终于现出蛇身原形，吓死了许仙。白娘子不顾一切到昆仑山盗仙草，却被看守仙草的白鹤抓到，幸得南极仙翁搭救，白娘子苦苦哀求南极仙翁，民间故事里的神仙也慈悲，竟也被白娘子的一腔孤勇打动，允她带走仙草。白娘子回家救活许仙后，以苍龙现形的说法化解许仙心里的疑团，一家人又快快活活地在一起过日子。我以为故事的起承转合到此其实已经完满，再有后续都属画蛇添足了。

然而民间传说里还是来了一个由乌龟变成的法海和尚，他把许仙扣留在金山寺里，又告诉许仙白娘子乃是白蛇。许仙虽然知道了真相，却坚信夫妻之间的情义，不肯随法海出家。白娘子也为救夫而水漫金山。唐代女诗人李冶说"至亲至疏夫妻"，这一刻许仙与白娘子真是至亲的夫妻，好比汤显祖的《牡丹亭》中，杜丽娘的鬼魂夜访书生柳梦梅，与他定下夫妻之盟，那柳梦梅得知杜丽娘是鬼，却说："你是俺妻，俺也不害怕了。"人世间就是有这样坚定而深刻的至情。

许仙从金山寺逃出来，在杭州与白娘子和小青重逢，三人又住回清波门，过了一段平静的日子。白娘子生下一个男伢儿，伢儿满月做"汤饼会"之际，法海化身货郎，将金钵变作一顶金凤冠，哄骗许仙给白娘子戴上，白娘子因此被法海收了去，被镇在雷峰塔底下。好多年后，小青回来寻仇，雷峰塔倒塌，白娘子从塔里出来，与小青一起追打法海，法海无处可逃，最后竟躲到螃蟹壳里去了。我小时候吃螃蟹，常看大人把蟹壳里三角形的胃剥出来翻开，果然是很像和尚的样子。

白娘子与小青胜了，然而这大快人心的结局还是不免让人感到茫茫然若有所失。民间故事最后的结局里没有提到许仙，白娘子从塔底下出来了，但是她与许仙的家已经没有了，那种夫妻离散的悲哀无奈，实在是让我觉得难过。

白娘子、许仙、小青这些民间故事里的人物，在我们这里是连小孩子都知道的，塘栖的书场里，年年端午节也都会唱《白蛇传》的弹词，爱听书的人专门去书场听白娘子的故事，也是过端午的一个习惯。

除此之外，我们镇上过端午还有很多其他习俗。比如当日的饭桌上要有"五黄"，即黄鱼、黄鳝、黄瓜、咸鸭蛋黄和雄黄酒。一般人家凑不齐这五样，就用最易买到的黄瓜和咸鸭蛋黄应个景。在门上挂菖蒲艾叶是家家都做的，手巧的姑娘会自己做香包，大人用雄黄酒在小孩子额头上写"王"字，也会折石榴花哄小孩子高兴。

还有一样端午习俗也是我们镇上人一定会做的，就是吃粽子。

小时候我家对面有一个粽子摊，卖粽子的阿毛瘸了一条腿，大家都叫他"跷脚阿毛"。跷脚阿毛有点年纪了，不知是因为穷还是因为瘸，一辈子没有娶妻，跟他老母亲住在一起，粽子摊就摆在他家门口，一只煤炉从早到晚燃着微火，上头的锅子里煮着粽子。阿毛做小本生意，对人客气，有人当面以"跷脚"称呼他，他也不会发火。粽子生意平常并不太好，唯有端午节前后光顾的人多，我家隔壁的小姑娘从小就懂得吃，提前好几天跟阿毛预定端午粽，隔着马路喊阿毛："跷脚爷爷，帮我包几只有精有肥的五花肉粽子，我要肥肉多一点儿的。"

端午前阿毛就开始忙碌。他从街上买来干箬叶，提前浸泡，微微发白的干枯的箬叶吸饱了水，转成滴绿，才可用来包粽子。糯米也要提前浸，包肉粽的米还要用酱油、味精、白砂糖调味，有精有肥的五花肉泡在酱油和黄酒里，直把那精肉染成浓重的胭脂色才算入味。包的时候，一层米，一块肉，再一层米，用箬叶包住，棉线扎得紧紧的。

平常只有肉粽，到了端午节，阿毛也包细沙粽来卖。细沙即是红豆沙，因吃起来口感绵软、细腻，我们土话中就以"细"来形容。阿毛自己会做细沙：红豆泡一夜，用高压锅煮得烂熟，还不够，还要捣成糊状，用细网筛子滤掉豆皮，豆沙放到纱布袋中挤压，去掉水分，然后将猪油和白糖炒热，把豆沙放进去一起翻炒，让油、糖与豆沙完全融合在一起，就可以起锅了。阿毛包细沙粽的秘诀是要在馅料里再放一小块肥肉，这样煮好的细沙粽就不会太干。

古人吃的粽子，是"五色新丝缠角粽，金盘送"，过于精巧好看了。阿毛包的粽子简朴实在，青箬叶，白棉线，肉粽矮墩墩，豆沙粽略微修长一些，都包成四角形状，我们镇上叫"斧头粽"，沉甸甸，分量足。

小时过端午，我家不吃"五黄"，也无暇做香包、赏石榴花，早晨大人从小菜场买了菜回来，顺手带一束菖蒲艾叶，挂到大门之上，然后到对过阿毛的摊子上买两只粽子给我当早饭吃，就算过节了。我一边吃粽子，一边听隔壁爷爷讲《白蛇传》，吃一只肉粽，再吃一只细沙粽，胃里暖和饱足，那一点因白娘子传说而起的伤感也就由此消解了。

何以消溽暑

小暑之后，芰荷参差，早稻转黄，江南进入了一年中最热的时节。

我生于七月，小时候过生日，因天气太热，母亲跑遍整个小镇也买不到一个奶油蛋糕，所以只能让我吃面。细白的面条里窝两只鸡蛋，算长寿面，吃过面条，暑假也就开始了。

盛夏日日晴朗，大清早太阳就出来了，透亮的光穿过纱窗，直照到房里的篾席上。大人们早早就起身，生炉子，烧泡饭，就着咸菜吃早饭，碗筷叮叮当当，然后在门前洗衣裳，井水一桶一桶打来，哗啦哗啦倒在木盆里，真是清凉爽快。过后又是一阵推脚踏车的声音，人声渐息，大人们都去上班了，墙门里重又安静下来。日头高了，薄薄的夏衣晒在绳子上滴水，在阳光下明亮透彻，柳树上知了叫起来，好似有人用我们的土话在喊："热死啦！热死啦！热死啦！"热闹嘹亮的叫声压过其他一切声响，无止无休。夏天好长。

读初中时，我的暑假作业两天就能做完，白天家中无人，我只觉得时间漫漫无尽头，接下去的日子不知道做什么才好。

我们年级中也有成绩好的同学，被父母拘在家里做题目，整个暑假都不露面。大部分人则成日在外头野混，男伢儿们尤其拆天拆地，玩的花样多。太阳最毒辣的正午，校园的小池塘边依然有人在抓青蛙，抓到后再用青蛙钓小龙虾，操场上青草长得没过人小腿，照样有一群男伢儿在踢足球嬉闹。胆子再大一点的，会跑到郊外去，循着蝉蜕挖知了，汗津津，乌糟糟，或者去偷摘农民菜地里的番茄、黄瓜来吃。年少时都是如此混沌不知未来为何物，只管想方设法虚掷时间，从来不觉得可惜。

我既没有题目可做，也不愿意在日头底下疯玩，因此无所事事。一个人待在家中，不过是看看书，给太阳花浇水，中饭自己用开水泡冷饭吃，吃过中饭，吹着电风扇睡两个钟头午觉，醒来一身汗，风也是热的，昏头昏脑看出去，外头太阳仍旧明晃晃的。直到街上有人喊"卖棒冰"，这才把午睡初起的惶懂世界彻底喊醒了，手里有几分零花钱的小孩们，都大呼小叫追过去买棒冰吃。那时候走街串巷卖棒冰的人都背一个木头箱子，戴草帽，脖子上搭一条毛巾擦汗。小孩子们恨不得把脑袋钻到棒冰箱子里去，大家围着看卖棒冰的人把盖子打开，再掀开里面掖得严严实实的厚棉垫，露出底下码放整齐的棒冰。白糖棒冰四分钱一支，赤豆棒冰再贵几分，一般的小孩子也就吃这两种棒冰。要手里零花钱多的才吃得起雪糕，或者去小店里买玻璃瓶装的橘子汽水喝。

等到日头稍稍偏西，暑热渐退，孩子们便按大人清早交代的去收衣裳，赶鸡回棚。马路上的脚踏车也多了起来，大人们都下班回来了。

女人都在厨房里忙碌。夏天吃瓜菜，冬瓜红烧，丝瓜放汤，老南瓜蒸来吃，还不够味，用白糖腌番茄，酱油浸姜蒜，家中若有人吃老酒，定要炒一碗螺蛳，起油锅，噼啪声响清脆，如珠玉落盘。男人则做力气活，打来井水冲洗屋前的水泥地面，饭桌搬出来，也擦洗得干干净净。小孩子摆碗筷，点蚊香，等到饭菜上桌，一家人在门口吃夜饭。《诗经》里的思妇于鸡栖日夕、羊牛下来之时怀人念远，亦不过是想求得这样的一家团聚，古人说"最难消遣是昏黄"，我们这里的夏天，倒在黄昏时分才是真正的热闹、欢悦。

吃好夜饭，洗碗，再洗澡，家里一切都收掇停当，然而这一日还未完。

夏夜更长。

竹榻竹凳竹躺椅，都搬到门口，一人一把蒲扇，扇风赶蚊子，人或躺或坐，四邻八舍一道乘风凉。有电视机的人家把电视机也摆在外头，放连续剧让大家看。大人谈天，都说今年夏天特别热，要台风来了才会风凉。文静的小姑娘用口琴吹出悠扬的旋律，吹的是音乐课本上的日本童谣《红蜻蜓》。

忽而有人切西瓜来吃，清新的瓜香扑鼻而来，于是大家都纷纷站起来，回屋切瓜，洗桃子。西瓜都切成三角形的一块块，大家都有份，唯独家里娇宠的小孩子，要霸占半个西瓜，用勺子挖来吃。也有人家盛出绿豆汤来，微微温热的汤里加了糖，亦能解渴消暑。

瓜果都易得，绿豆汤也不出奇，要费工夫的是甜酒酿。邻人中有善做的，告诉大家方法：糯米要提前浸泡，不可用锅煮，最好是用蒸笼把米摊开了蒸熟，若饭太干，可以洒点水上去；将买来的酒曲放到蒸好的糯米饭里拌匀，然后将糯米饭盛到陶制的钵头里，饭要压得结实，最后在饭中间挖一个洞；盖在钵头上的物件也有讲究，不可用锅盖盘子之类，而必须用能吸水的布将钵头覆盖扎紧，避免水汽滴入糯米中，让酒酿发酸；再用旧棉花胎包好，夏天最热的时候，捂两三天，水就出来了，糯米上也长出一层雪白的茸毛，甜酒酿就做好了。

暑夜里乘风凉吃点心，谁家要是能端出一钵头甜酒酿来，那必定能引得大家赞不绝口。甜酒酿一做就做多，因为米太少不值当花这工夫去做，所以只要有一家做了，邻近的伢儿都能分得一碗。

甜酒酿好吃，糯米软而甜，有酒香，我吃了一碗不够，再向邻居讨甜酒酿的汤来喝，甜丝丝的两碗酒酿汤喝下去，不一会儿就头晕晕的，这时候只好老老实实在竹躺椅上歇着。夜深了，天上星星点点，小伙伴们在学着分辨北斗七星，路灯照不到的地方，草丛里有萤火虫在飞，一闪一闪，最后湮没在栀子花里。夜风吹过来，混杂着风油精和甜酒酿的香气，让人感觉微微有凉意。长长的一天过去了。

爱秋来那些

老电影中《四季歌》从春唱到冬，到秋天最是怅然："秋季到来荷花香，大姑娘夜夜梦家乡。醒来不见爹娘面，只见窗前明月光。"我们江南的秋天已没有荷花的香气，月光倒是一样透亮如洗。

小时候不懂悲秋。时至月夕，天气转凉，草木萧瑟。晚上赏月吃月饼，我家买筒装的百果月饼来吃，屋外不似暑夜乘凉时那般热闹，只有几个伢儿在仰头看月亮，要从那影影绰绰的暗影里分辨出嫦娥和玉兔。中秋的月亮大而圆，夜风清冽，连月光亦有一种凉意。吃完月饼，大家就各自回家了。周围没有人声，蟋蟀唧唧叫着，我心里只觉得空空的，那种感受实在难以言表。

秋天肃杀有兵气，所以欧阳修以"鏦鏦铮铮，金铁皆鸣"来形容秋声。常常是一夜风雨后，清早开门，寒意扑面，再看门前已草枯叶落，当下真有摧败零落之感。文人敏锐，对此感触最深，宋玉因秋伤怀，杜甫万里悲秋，刘禹锡意气豪迈，直言秋日胜过春朝，要在丧败中翻出雄壮来，可提笔开篇，也是先承认"自古逢秋悲寂寥"。

然而秋虽寂寥，亦有豪华。

时近重阳，气温虽走下坡路，物产却丰富到了顶点，是大自然盛极之时。世人多知马致远的小令《天净沙·秋思》写得好，不知他的套曲《夜行船·秋思》更有深意，煞尾尤其深谙秋天的好处："裴公绿野堂，陶令白莲社。爱秋来那些：和露摘黄花，带霜烹紫蟹，煮酒烧红叶。"赤橙黄绿青蓝紫，秋天的豪华都在其中了。

塘栖的秋天，有桂花，也有菊花。桂花热烈又暗昧，其香馥郁蓬勃，沁人心脾，却又因香飘十里，常常让人只闻其香，不见其形。桂花的香有甜意，逗人垂涎。我幼时常看见有人在桂花树下铺一大块布，用竹棒将桂花打下来。收集起来的桂花，可以泡茶喝，或者用白糖腌渍，做成糖桂花，也可以做进糕点中，比如桂花糖年糕。秋再深一些，小镇上处处可以看到盛开的菊花，一盆一盆的金黄、雪白、绯红，放在人家的门口窗前，或者洗衣台上，花瓣卷曲修长为多，也有短而平的，虽都是普通品种，也各有姿态。菊花好种，从前几乎家家都有几盆，平时不过松土、浇水，唯有夜里气温低，要费事将花盆搬进屋里去。古人有簪菊供菊的习俗，我们这里，则很少将菊花折下来，我也从未见有人将自家种的菊花做进饮食里，大家种菊花，并无实用功利之心，只是为了好看，也是因为菊花是一年中最后开的花，所以格外珍惜。

秋风起来，菜场里螃蟹就上市了。到了重阳，最是吃螃蟹的好时候。塘栖不靠海，很少吃梭子蟹、青蟹之类的海鲜，我们当地吃的都是河蟹。河蟹鲜美，从来就是美食，袁枚的《随园食单》里一口气记录了四种蟹的吃法，一为煮蟹：

蟹宜独食，不宜搭配他物，最好以淡盐汤煮熟，自剥自食为妙。蒸者味虽全，而失之太淡。

二为蟹羹：

剥蟹为羹，即用原汤煨之，不加鸡汁，独用为妙。见俗厨从中加鸭舌，或鱼翅，或海参者，徒夺其味而惹其腥，恶劣极矣！

三为炒蟹粉：

以现剥现炒之为佳，过二个时辰则肉干而味失。

四为剥壳蒸蟹：

将蟹剥壳，取肉取黄，仍置壳中，放五六只在生鸡蛋上蒸之。上桌时完然一蟹，惟去爪脚，比炒蟹粉觉有新式。杨兰坡明府以南瓜肉拌蟹，颇奇。

吃蟹讲究到这地步，也算到顶了吧？然而还有更绝妙的吃法。《金瓶梅词话》里，常时节为感谢西门庆周济，于重阳节送上浑家所做的酿螃蟹：

四十个大螃蟹，都是剔剥净了的，里边酿着肉，外用椒料、姜蒜米儿、团粉裹就，香油煠，酱油醋造过，香喷喷酥脆好食。

这道酿螃蟹工序之繁复，浙江菜里的蟹酿橙和苏州菜里的秃黄油都无法与之相比，其美味程度想来也是少有匹敌，书中与西门庆一同吃螃蟹的吴大舅赞叹说："我空痴长了五十二岁，并不知螃蟹这般造作，委的好吃！"

我们镇上吃河蟹的方法十分简单，只将买来的螃蟹洗刷干净，放到冷水里煮，水里至多放几片生姜、少许盐和料酒，煮至水开，螃蟹呈红艳艳之色，即可捞起上桌。小时候我住那一带的小孩子们常争论一个话题：螃蟹到底是团脐的好吃，还是尖脐的好吃？其实重阳节的螃蟹，母蟹多黄，公蟹多膏，只只饱满，哪有不好吃的。吃煮螃蟹，不用佐其他食物或酱料，只每人分一小碟醋，醋里加姜末，剥出来的螃蟹肉、蟹黄、蟹膏，蘸了醋，更是鲜美。家中若是有吃酒的人，平常习惯吃黄酒，为了配螃蟹，则要改喝烧酒，因螃蟹属凉，烧酒可压寒凉。

入秋之后，也是吃栗子的好时候。我们当地常吃的栗子个头大，形状稍扁，壳厚而硬，本地人称作"板栗"。一般人家都是用菜刀在壳上斩出小小的缺口，然后放入清水中煮熟，剥着当零食吃。这样处理过的栗子也可以入菜，整颗整颗剥出来，烧鸡烧肉，都很相宜。后来镇上兴起吃糖炒栗子，用的是不一样的栗子，个头小，圆鼓鼓的，壳略薄脆，炒得入味干爽，很容易剥。

　　与栗子相关的食物还有栗糕。栗糕是重阳节才有的糕点，其做法《随园食单》里也有记录："煮栗极烂，以纯糯粉加糖为糕蒸之，上加瓜仁、松子，此重阳小食也。"我们塘栖的栗糕极糯，比年糕软，但仍筋道有嚼劲儿，上面除了加一些果仁之外，还放一些用橘子皮或萝卜丝做成的红绿丝，红绿丝吃起来只是甜，味道是一般的，但明艳好看，有节日的繁华气象。

　　栗糕火候掌握不易，所以很少有人能在家里做出这样糕点来，一般店里也买不到，老底子镇上只有重阳节前后那几天，长桥头的一家糕饼店里才有得卖。我喜欢吃栗糕，年年都要跑到长桥头去买上一块。淡金色的栗糕，上头点缀着红绿丝，中间插一面纸糊的三角小彩旗，回去的路上天高云轻，微风吹动小旗，我手里捧着这样沉甸甸的一块栗糕，便无所谓悲秋伤月，而是实实在在感到秋日胜过春朝的地方了。

年夜饭

在我的经验里，年纪越大，离年俗越远。

原因是越来越舍不得把时间花在读书写作以外的事情上。平日里饮食极尽简单，即使过年，也不过多加几只菜，若还强要我从俗看晚会，我是真如张爱玲所说的那样："我自己是要我再额外多花点时间就像割肉一样心疼。"

除夕吃过年夜饭，我就坐到电脑前去做事，大年初一也是如此。文徵明有诗写除夕："人家除夕正忙时，我自挑灯捡旧诗。莫笑书生太迂阔，一年功课是文词。"作家格非也曾在访谈中说到近十来年保持的一个非常美好而有意义的习惯，就是在大年初一清早到办公室，一个人埋头工作。格非说："一个安静的工作时间，实际上是一个人有可能会有的最美好的时间。"我听了很高兴，有同道不孤之感。

如今在我的年俗里，只剩下一顿年夜饭还同从前一样。不似幼时，年节很长，要延续好多天。

小时候，年前的日子是一天一天数着过的。腊月廿三送灶王爷，吃甜蜜蜜的南瓜糯米饭；廿四扫尘日，家里家外收掇清爽，连灯罩灯绳上的灰尘都要揩得干干净净；年前一定要去剪头发——正月里不能理发，据说会对娘舅不利；那时候家里没有洗浴间，还要轧闹猛，到人满为患的公共浴室里去洗个澡。备年货，宰鸡鸭，写春联，贴年画，种种纷繁复杂的事情，那时的大人们做起来都循循有序，虽然忙碌，却不慌张，因都是老底子传下来的，好比唱戏文，早就定好了规程，只管跟着密密的锣鼓点有板有眼地做下去，自会唱出一套礼乐繁华的大戏来。

年夜饭是年节期间最重要的环节，亦是整年中最隆重的一餐饭。

从前每年除夕，我父母天蒙蒙亮就起来操持，早饭中饭都草草对付，唯独夜饭最要紧。其实我家只有三口人，除夕吃团圆饭，也不会有别的客人上门，但是我父母仍极为慎重地对待这一餐，要烧十来个菜，我母亲有她的坚持："过年要有过年的样子。"

对于年夜饭的菜肴，母亲也有种种坚持。

年夜饭的餐桌上一定要有鱼。鱼片、鱼块、鱼干都不算数，甲鱼也不能当鱼，而是一定要有一条有头有尾的河鱼。老底子我们小地方不大有鲈鱼、鳜鱼，做整条的鱼常用的是鲫鱼、鳊鱼，清蒸红烧都可以，不是为了好吃，而是为了吉祥的寓意：年年有余。

鸡也是必定要有一盘的。塘栖菜中有白切鸡，做法上简单又考究。食材只是鸡，但选择上有门道，最好是用不足一年的阉鸡，因为跟公鸡相比，阉鸡的肉既嫩又多，老母鸡则只能炖汤来吃，做白切鸡是不行的。烹饪的方法也很省便，就是放到清水中煮，加少许黄酒，但煮的火候却不易掌握：不能太老，也不能太生，要煮到把鸡斩开来时，骨头里还有血水，此时的鸡肉才恰到好处，皮脆肉嫩。白切鸡不用额外调味，只蘸酱油来吃，就极鲜美。

陆游诗里说："丰年留客足鸡豚。"我们的年夜饭也是如此，不仅要有鸡肉，也少不了猪肉来撑场面。苏东坡最是潇洒旷达，也最懂吃猪肉，乌台诗案后，他被贬黄州，困窘之中，仍在饮食上寻找生活的乐趣，还写《猪肉颂》记录了自己独创的猪肉烧法：

　　净洗锅，少著水，柴头罨烟焰不起。待他自熟莫催他，火候足时他自美。黄州好猪肉，价贱如泥土。贵人不肯吃，贫人不解煮。早晨起来打两碗，饱得自家君莫管。

　　我们年夜饭必有的一道腊笋烧猪肉，做法与苏东坡所写差不多，不过猪肉里要多放腊笋这一食材。腊笋干而硬，处理起来颇麻烦，要先用清水泡发，也有的人家用淘米水来浸泡，总要好几天，然后水里煮过，才会变软切得动。猪肉则用五花肉，切成寸许块状，以做红烧肉的方法炮制，最后加入切好的腊笋同煮即可。

　　烧猪肉各地都有，但是我们塘栖另有一道以猪肉为材料做成的粢毛肉圆，恐怕连爱吃猪肉的东坡先生都未必见识过。粢毛肉圆的主材是糯米和猪肉馅。年节边江南天寒，不怕米馊，糯米可以提前两天浸泡，猪肉馅要有精有肥，最好是自家剁的，这样馅料不会太糜。将猪肉馅和糯米按各半的比例拌均匀，只放黄酒和盐，搓成球状，再放到糯米里翻滚，让肉圆子的表面也沾上一层薄薄的糯米。上笼蒸熟后，猪肉鲜香，米粒软糯，这道菜并不下饭，小孩子们都当作点心空口吃。说起粢毛肉圆，我们塘栖人都颇自得：这猪肉的别致吃法，其他地方是很少见到的。

别的菜肴则看各家的欢喜。比如我家的年夜饭很少吃螃蟹，一来是因为腊月不是吃螃蟹最好的时候，再有过年时螃蟹价格太贵，我父母觉得不实惠。比起河鲜，我家更喜欢吃扎实的肉菜，比如红烧羊肉、蹄膀和板鸭。南方不包饺子，年夜饭的点心基本都是甜的，不是八宝饭，就是细沙羊尾——这是一种形状似羊尾的甜点。我母亲是衢州龙游人，所以每年除夕也要按她老家的习俗，炒一道八宝菜。八宝菜顾名思义，里头起码要有八种以上的材料，但新鲜的蔬菜是不放的，我母亲用的是晒干的红萝卜丝、白萝卜丝、咸菜、冬笋、荸荠、豆腐干、油豆腐、干辣椒，炒一大锅。八宝菜既下饭，又放得住，名头喜气，春节请客人，是可以当一道菜上桌的。

吃年夜饭，拿压岁钱，接着就是放爆竹和小鞭炮。翌日大年初一，小孩子们都穿上新衣裳，到亲戚家拜年做客，有糖氽鸡蛋和蜜枣吃。春节里都是让人欢喜的事，但都不及年夜饭来得慷慨贵重，让人期待，又可回味。

其实从前物质不足，平日里我们吃得最多的，还是咸菜加泡饭，吃肉是极为难得的。我父母亲为了做出这一桌年夜饭，不知道要辛苦多少日子。如今我吃得简朴，已能安于一箪食、一瓢饮，然而回望幼时，对于父母在贫乏中努力积攒的丰厚繁华，心中仍是感激。

小食为我餐

《古诗十九首》里，最动人的劝慰之语，是"弃捐勿复道，努力加餐饭"。唐时王昌龄离京赴江宁，岑参怅然送别之际，亦嘱其"努力加餐饭"。生离死别既已不可避免，个人的悲辛也就只好放在心里，倒不如好好吃饭各自珍重是人间正道，这样的临别赠言实在是深沉有分量。

我父母亲这一辈的大人，幼时大多尝过饿肚皮的滋味，所以过日子精打细算，教导小孩时，也必定谆谆教诲：要好好吃饭，饱时常思饥时，要惜食才有食。而我们小地方，不止看重正餐，连小食亦味道不薄，厚重有咬劲，足可饱饥。

小食即点心零食之类。从前我们吃小食，要有特定的时间。

一是早饭时。

我小时候镇上人家用的都是煤炉，烧煤饼。过夜时要加一只新的煤饼下去，把炉门封好，让炉子保持幽幽的微火，第二天早起就不用重新生炉子，可以直接烧早饭吃。早饭若是在家里吃，我们这里大部分人吃的都是泡饭，也就是将隔夜的米饭放到水里煮透，然后用咸菜配泡饭吃。略微讲究一点的，会洗点青菜，切碎了放到泡饭里一起煮，做成菜泡饭，吃时加一勺自家炼制的猪油，极香。然而封炉子这活需要技术，炉门处留的缝隙若稍有偏差，早起炉子便冷冰冰的，这时候家里大人怕小孩子上学会迟到，只好摸出一角两角钱来，让小孩子自己到外面去买点心当早饭。

那时镇上有一家早餐店，专门做发面的猪肉馅锅贴。锅贴形似饺子，却更修长，烹煮用生煎法，大平锅加油烧热，将锅贴铺排其上，加清水，盖上锅盖，烧至水干时一揭盖，热气腾腾地冒上来，锅贴已煎得金黄，这时候撒上香葱，即可将锅贴连排铲起出锅。发面的锅贴，只有底部焦脆，面皮仍松软有厚度，猪肉馅也足，咬嚼时柔脆相交，鲜香可口。当日我若是买锅贴当早饭，必定要配一碗小馄饨。早餐店的外边就有馄饨摊，只卖小馄饨，皮薄透如纸，肉馅只有一点点。《随园食单》

里有记："小馄饨小如龙眼，用鸡汤下之。"馄饨摊卖的小馄饨，大小确实如龙眼，但哪有鸡汤相佐，不过是舀一勺清汤，放点榨菜葱花，却也极好吃。杨万里的《食蒸饼作》里写自己的吃相："何家笼饼须十字，萧家炊饼须四破。老夫饥来不可那，只要鹘仑吞一个。"我吃小馄饨，回回也都是囫囵吞的。

早餐小食的搭配，还有烧饼油条。镇上人常说："来一副烧饼油条。"好似烧饼和油条天然就是配好对的。烧饼一般是咸的，做成圆形，烘烤到软脆适度，在一面刷上甜面酱，折起来面饼不能断，中间可夹油条。

也有人爱吃肉包子。小学时我上学途中有望梅楼，大概五六层高，是当时我们镇上最高的楼房。所谓望梅，意思是从这座楼上一直望出去，可以望见超山的梅花。望梅楼的底层开了一个窗口卖肉包子。肉包子是常见的面点，做法上并无稀奇之处，唯望梅楼的肉包用料十足，个头大，皮薄馅多，且肉馅调味也极特别，咸香而美，微甜而鲜，是我吃过最好吃的肉包子，当时价钱要一角三分钱一只，还要一两粮票，也是镇上最贵的肉包子。杭州有知味观、新丰小吃，都以点心出名，店里也卖肉包，另外延安路上有杭州酒家的南方大包，这些后来我都吃过，但到底比不上幼时记忆中望梅楼大肉包的好味道。

　　另一个吃小食的时段，是下午放学后。

　　小学的后门口有小摊贩卖零食，放零食的木头匣上面罩着玻璃盖，可以看到底下一格一格全是零食：冬瓜糖、腌姜丝、桃干话梅、松子糖、冻米糕、茴香豆、番薯片……我最喜欢买云片糕来吃。雪白如云的云片糕，里头掺了星星点点的核桃仁和芝麻，在甜以外，又加了其他滋味。我的零花钱不多，只能买几片，一片一片撕开来吃，片片分明而不断开。《儒林外史》里写到过云片糕，说"是些瓜仁、核桃、洋糖、粉面做成的"的糕点，吃的时候，也是一片一片剥着吃，可见云片糕这种零食，早就有了，是从前馨香饼饵中的一种。

　　若是当日没能从大人那里讨到零花钱，那放学后就只好早早回家去。到了家离吃夜饭还有一段时间，小孩子最容易饿，邻居家中有老人的，这时候就会做些垫饥的小食来吃。常用的是根茎类的蔬菜，因为饱腹感强，比如番薯、芋艿。我们这里的人爱吃汤番薯，做法很简单，挑大个的番薯洗干净去皮，切成一块块，放入清水中煮至烂熟即可，吃的时候放点白砂糖，番薯本身有甜味，煮过后更是软糯清润，连番薯汤也入味好喝。芋艿则蒸来吃。用个头小巧的本地芋艿，洗干净了连皮放到蒸架上蒸熟，吃时轻轻一捻就可将芋艿皮剥去，然后蘸白糖吃。古人说："辛春山笋贱，无人争吃，夜炉芋美，与客同煨。"芋艿做小食，虽然简便，却也颇有几分风雅诗意。

对我来说，吃小食最畅快的时候，是去乡下外婆家小住的日子。

外婆家在和尚墩，是离塘栖不远的村子，当地盛产莲藕，藕粉也极出名。暑假天气酷热，却是小村一年中最好的时节，村子里遍地荷塘，何止十里，出门便可见荷叶青圆，芙蕖粉白，清风吹来，满是荷香。我去时还不到吃莲子的季节，但可日日摘荷花来玩。

乡下小食花样不多，然敦实，有乡人的纯朴气。

在和尚墩，藕粉是家家都有的，但是我不常吃，因为冲泡藕粉不易掌握火候。我常吃的小食是镬糍。镬糍本质上是用糯米做成的锅巴，不同的是镬糍极为细腻，成品后看不出米粒。乡下常说"拓"镬糍，拓法便是把糯米蒸到将将要熟，然后在如鼎大锅中，用锅铲将糯米拓薄，要拓到厚薄均匀，不能结块，干爽成片后即可铲起，呈卷条状。拓时锅中不可加油，最好是用烧柴禾的土灶，这样拓出来的镬糍雪白中略带焦黄，格外香脆。要吃时抓几把放到粗瓷碗里，放点糖，用滚水冲开就成。泡发的镬糍绵软又有嚼劲，且清甜而带着米香。老底子的乡俗中，若给产妇送汤，必须有鸡蛋、镬糍、红糖，当地人在镬糍汤里加入汆鸡蛋和红糖，那镬糍便不是寻常小食了，而成了产妇坐月子必吃的滋补品。

冬天的乡下，除了有镬糍吃之外，还有咸茶。《金瓶梅词话》里吃茶，极少有清茶，客来敬茶，一般都要在茶里放些果品，比如：蜜饯金橙子泡茶、梅桂泼卤瓜仁泡茶、木樨青豆泡茶、木樨芝麻薰笋泡茶……有一回中，潘金莲还点出了一盏浓浓艳艳，芝麻、盐笋、栗丝、瓜仁、核桃仁夹春不老海青拿天鹅、木樨玫瑰泼卤六安雀舌芽茶，用料之多，实在令人咋舌。和尚墩这边泡的咸茶，也保留了这种果品入茶的古风。除了绿茶之外，咸茶中放的主料是烘豆。烘豆都是自家烘制的，一般是在秋天毛豆上市时，挑选新鲜饱满的毛豆，剥壳后加盐煮熟，然后放在炭火上烘烤，所以称之为烘豆。烘豆干爽脆硬，若直接吃，咬起来嘎嘣脆，略带咸味。除了烘豆，咸茶里还放其他腌制的佐料，各家都有自己的习惯，我外婆家放的是用盐腌过的小青橙子皮加野芝麻，有时再加晒干的胡萝卜丁。乡下土话中，不说喝咸茶，而说吃咸茶，是因为咸茶吃到最后，一定要把里头的烘豆都吃完才可以。所以这一碗丰饶的咸茶，也可以算作小食了。

　　日子清贫时，幸亏有小食，既能饱饥，也堪为日常点睛。

　　种种小食中，以咸茶最是特别。在乡下，正月里邀请亲戚邻里来家中吃咸茶，是极重要的一桩正事。我在外婆家过年时，大年初一清早五六点钟，就有人冒着天寒地冻来门前喊："今朝到我家来吃咸茶！"喊声嘹亮，语调悠长，带着诚心诚意的喜气。被邀的人还未起身，躺在床上回应："晓得了！"那人便"嗳嗳"应两声，转去下一家。我在朦胧中，听到那喊声悠悠长长，并不觉得被扰了清梦，而是满怀期盼，只待天明。

第三辑

读书记

数卷石头夜航船

一

我在江南小镇长大，所住的寻常巷陌里，风气敦朴简静，大人们日日早出晚归，上班下班，烧饭洗衣，对于小孩子读书的事，成绩好自然欢喜，但也不过分强求，课外补习是从来没有听说过的。镇上自然也有大户人家、读书世家，但都不在我住的那一带。我从小看四邻八方的伢儿们，一有空闲便结伴到运河边去抓小鱼、摸螺蛳，实在无事可做，坐在岸边看轮船来来往往也是好的。小孩子的不谙世事，心无挂碍，如陆游的诗："天公似欲败蚕簇，雨冒南山暮不收。騃女痴儿那念此，贪看科斗满清沟。"

　　我家中没有兄弟姐妹，我亦不惯与人相处，很少跟着小伙伴们出去淘气，多数时候宁愿一个人待着，也很少做别的什么事，只喜欢看书。一般人总以为嬉闹游玩最是轻松，而把读书看作苦差事，然而我们镇上有句老话："读书有读书的快乐，白相有白相的吃力。"我看书是真的觉得快乐。

　　小学时，我看的多是小人书。我父母亲在为我买书上是舍得花钱的，所以我家中就有很多小人书，其中不少是根据《聊斋志异》中的故事改编的，比如《花为媒》《仇大姐》《胭脂》《画皮》等等。编小人书的人大概只顾着要故事性强，或者有教育意义，因此很少想到这些故事其实是不适合给小孩子看的，里头有太多的波折、冤屈、苦难，虽然最后结果都是好的，但过程写得太真切，对于稚童来说，常有一种无法理解却能感知的沉重。也有一些小人书是根据国内外的电影改编的，直接用的就是电影画面。我还有一套名为《尼尔斯骑鹅旅行记》的小人书，那时我并不知道这是唯一获得诺贝尔文学奖的童话作品，只觉得图画和故事均轻灵活泼，十分有趣。小人书除了自己买来看，还可以和同学交换着看，当时街上有小人书摊，我也经常去租书看，一两分钱便可看一本，不能带回家去，只能坐在书摊边上看。

年纪稍长，家里给我订了一些杂志，有《少年文艺》《作文》和《故事会》，另外还买了一些《西湖民间故事》《山海经故事》和外国民间故事之类的书，这个阶段吸引我的，还只是故事，尚没有人物、细节和文笔。

这些被刻意简化过的儿童读物，是我阅读的起点，它们零碎不成体系，如砾石，如泥沙，积攒多了，却也能打下一点文学的基础。

我十四岁那年，父母亲去乡下外婆家，途经三家村轮船码头，那边有一家新华书店，我父母亲买了几本书回家，其中就有一套三本、暗红封皮、由中国艺术研究院红楼梦研究所校注的、人民文学出版社出版的《红楼梦》。有了这套《红楼梦》之后，家中的小人书、故事书，顿时都黯淡如萤烛之光了，我从此孜孜于埋头细读《红楼梦》，一遍又一遍，不知道读了多少遍，直至四十岁以后，实已读得烂熟于心，才将这套书放下。

关于读书，香港岭南大学的许子东教授引其老师钱谷融先生的说法："多读书，读好书。"许子东教授进一步解释：人生有限，读书要读经典，这是树立标杆；取法其上，仅得其中，不可一开始就取法中下，所以人要读最有定评的名著，这是压舱石。

人若要在文学的世界中上下求索，真如我幼时常见的运河中的夜航船，航行在茫茫无尽的夜色中，需要有恒定的压舱石，才不至于翻船或偏航。

我庆幸我的压舱石是《红楼梦》。

二

《红楼梦》是小说通行的名字，然从第一回空空道人抄录小说入世的一段情节来看，曹雪芹当考虑过几个书名：

空空道人听如此说，思忖半晌，将这《石头记》再检阅一遍。……因毫不干涉时世，方从头至尾抄录回来问世传奇。因空见色，由色生情，传情入色，自色悟空，遂易名为情僧，改《石头记》为《情僧录》。至吴玉峰题曰《红楼梦》。东鲁孔梅溪则题曰《风月宝鉴》。后因曹雪芹于悼红轩中披阅十载，增删五次，纂成目录，分出章回，则题曰《金陵十二钗》。

这几个书名中，我最爱的是《石头记》。

中国古典世情小说的取名，常见的套路是从书中主要人物的名字中各取一字，以合成书名，如《金瓶梅》《平山冷燕》《玉娇梨》《吴江雪》之类，是偷懒之法；或者以故事发生地为书名，如《锦香亭》《听月楼》，戏剧中的《西厢记》《牡丹亭》《长生殿》亦属此类，这方法也不高明。

曹雪芹的这几个书名，倒是跳出了这些俗套。但《风月宝鉴》意为"戒妄动风月之情"，不免偏于道德训诫；《金陵十二钗》又有以偏概全之憾；情僧抄录，书中确有其事，然抄录所得，已非原稿，故《情僧录》之名已落了下乘。开篇曹雪芹借用女娲炼石补天的神话，虚构自经锻炼、灵性已通，却未能入选补天的石头，随一僧一道下凡的故事，石头历尽悲欢离合炎凉世态，遂记下一段人间的故事，本是石头所记，而以《石头记》命名，才真正浑然天成。《红楼梦》是贾宝玉梦游太虚幻境时所听的一套曲子，曲中点出主要人物和整个家族的命运，也可总括全书，但毕竟不如《石头记》来得自然。

我既以此书为文学的压舱石，书名中有《石头记》流传于世，于我也是更名实相符了。

我读《红楼梦》，无人指点，遇到不解的地方，也无人可问，手边最多只有一本《新华字典》可供翻查。那时候我还不知道这是一种最好的阅读状态：毫无偏见，也不预判，只是出于一种懵懂直觉的喜爱。

《红楼梦》并不易读。尤其是开篇四五回，故事尚未进入正题，忽而大荒山，忽而太虚幻境，又多长篇大论，除作者自云外，还有石头谈小说作法、贾雨村谈天地生人之运与劫。在这几回中，曹雪芹着力构筑通部大书之纲领，人物情节还来不及细笔铺展，初读者不免觉得乏味。幸好那时我读书并不求全，而是放纵自己拣喜爱的章节来看，因此便将前四五回直接略过，看到后头，甚至连书中的生僻字词、诗词歌赋，也一并跳过。如此跳跃式地反复读了数遍后，对《红楼梦》故事人物已了然于胸，此时再回头去看开篇，且细细品读原先脱漏之处，才有原来如此的恍然。

土耳其作家奥尔罕·帕慕克引用席勒论文《论天真的诗和感伤的诗》里的观点，认为创作者可以分为两类：天真的和感伤的。天真即率性、自然，毫不怀疑，感伤则多情、反思，充满质疑。我也喜欢当代作家格非的说法："什么样的作品是伟大的？……第一个定义，它是经得起反复阅读的作品。第二，伟大的作品，它甚至可以耐心地等待你的成长。"《红楼梦》如一切伟大的小说，宏大、深刻、丰富，我在反复阅读中逐渐成长，从跳跃到完整，从单纯到反思，我读此书的体验，就是一个从天真走向感伤的过程。

三

第一次读《红楼梦》，我看到的只是人物，这当然是管窥蠡测，把《红楼梦》看得小了。不过作小说的人，能把人物写活，也已是一桩相当了不起的本事。老舍善写人物，也最看重人物之于小说的重要性，他说："凭空给世界增加了几个不朽的人物，如武松、黛玉等，才叫作创造。因此，小说的成败，是以人物为准，不仗着事实。世事万千，都转眼即逝，一时新颖，不久即归陈腐，只有人物足垂不朽。此所以十续《施公案》，反不如一个武松的价值也。"《红楼梦》中，曹雪芹何止创造了几个人物，书中大大小小数百人中，连只不过露了一面的小角色，他都精心描摹，而浓墨重彩刻画的人物，更是个个不朽。

曹雪芹当是智慧而温暖之人。以其智慧，所以他能看到人性中深不可测的幽微之处，又因温暖，故其下笔不至于过分苛刻峻厉。书中人物，虽然在真与伪、情与理、善与恶的对照中，各自走向不同的性格呈现，但曹雪芹落笔极是公道：写及率真、良善之辈，并不回避其性格上的瑕疵局限；对于伪善、丑恶之人，也不抹杀其可取的地方。

小说中最难分难解的一对人物，是林黛玉和薛宝钗。太虚幻境的薄命司里，"金陵十二钗正册"翻开来，第一页便是钗黛二人画在一起：枯木为林，木上悬玉带，又有一堆雪，雪里埋金簪。判词也是二人合用一首。而钗黛孰优孰劣，亦是"红学"中最受人关注的公案之一。

林黛玉与薛宝钗都是贵族少女，才貌俱美，不分轩轾，但二人的性格实是互为对立，不可调和。林黛玉感性，故有情而用情，待人至真至诚，而其七情袒露，清澈澄明，是"明月松间照，清泉石上流"，全是自然天性。薛宝钗理性，故克制而内敛，言谈滴水不漏，她服"冷香丸"，住"雪洞一般"的蘅芜苑，她有"冷看俗态诙嘲里"的姿态，却也是"可怜身是眼中人"。

林黛玉有诗才，既恃才傲物，也争强好胜。贾妃省亲，林黛玉安心大展奇才，要将众人压倒，不想贾妃却不给她一展抱负的机会。海棠诗社比试写《咏白海棠》，林黛玉等所有人写完，万众瞩目之下，才"提笔一挥而就，掷与众人"，这一

"挥"一"掷",实在是飞扬到了极处,别人再做不出这样的举动来,但李纨评诗不看诗才,林黛玉还是屈居第二。直到写菊花诗,曹雪芹才让林黛玉以《咏菊》《问菊》《菊梦》一举夺魁。欲扬先抑,且是一抑再抑,也是作者的促狭之心,与喜爱的人物逗个趣。林黛玉的炫才是孩童式的炫耀,直接、确凿、笨拙,但也是纯真的、可爱的。

薛宝钗也有才学,但偏爱说道理。林黛玉偷看禁书,她要教训,薛宝琴写怀古诗,典出《西厢记》《牡丹亭》,她也要阻拦。薛宝钗是自我压抑惯了的人,这是她的可怜之处,但转头又去压制别人,却是她可厌的地方。薛宝钗的才学,也沾了学究气,林黛玉以"母蝗虫"戏谑刘姥姥,引得众人都笑起来,薛宝钗款款作一番注解总结,道理是说通了,但索然乏味,大家也就不笑了。

林黛玉多疑、敏感、尖酸、刻薄,她的这些小性儿常被人诟病。但圆滑世故,并非智慧,人若能明白这个道理,便不会苛求他人去做表面功夫。倒是随分从时、端方豁达的薛宝钗,在滴翠亭一节中的表现,细读令人悚然。只是往往在这些曝露人性的关键地方,《红楼梦》却写得极深而隐,这也是曹雪芹的慈悲之处。

四

看熟了故事和人物，再回头读《红楼梦》开始的四五回，才懂得曹雪芹的悲哀绝望。

对于现世，曹雪芹看得透彻，他知道真实之虚妄、永恒之短暂、不变之幻化，人世的本质只是"好""了"二字，这都写在第一回的《好了歌》中：

世人都晓神仙好，惟有功名忘不了！古今将相在何方？荒冢一堆草没了。

世人都晓神仙好，只有金银忘不了！终朝只恨聚无多，及到多时眼闭了。

世人都晓神仙好，只有娇妻忘不了！君生日日说恩情，君死又随人去了。

世人都晓神仙好，只有儿孙忘不了！痴心父母古来多，孝顺儿孙谁见了。

世人汲汲追求的功名富贵、娇妻儿孙，都被曹雪芹否定了，甚至于人世本身，也是被否定的，所以甄士隐解注《好了歌》时才会说："乱哄哄你方唱罢我登场，反认他乡是故乡。甚荒唐，到头来都是为他人作嫁衣裳！"《红楼梦》里写秦可卿出殡的浩荡威势，写贾妃省亲的豪华富丽，一派赫赫扬扬，而书中日常的宴饮游赏、寻欢作乐，更是不可胜数，但是曹雪芹写这些不是要描画现世的繁盛，而是为了写盛极而衰，犹如将大厦一层层搭建起来，末了却亲手将其推翻，真是有大智慧、大决心。如此，《红楼梦》的主旨才显现出来，曹雪芹要写的不过是八个字：到头一梦，万境归空。

对于世人，曹雪芹也没有太多的期待，他借石头之口评价世人："今之人，贫者日为衣食所累，富者又怀不足之心，纵一时稍闲，又有贪淫恋色、好货寻愁之事，那里去有工夫看那理治之书？"宁荣二府中的人物，除了少数几个看得破的，其余众人出尽百宝，纷纷攘攘，所求的只是名利和欲望，即便是相对理想的大观园世界中，也充斥着争抢、嫉妒、告密、贪婪、愚昧。知己或许有，但在这样的人群中寻找知己是困难的，曹雪芹问："都云作者痴，谁解其中味？"是因为他对于被大众理解这件事，并不抱希望。

曹雪芹甚至不太相信个人的努力。他写贾宝玉梦游太虚幻境，读到"金陵十二钗"的册子，又听《红楼梦》套曲，说的都是一种宿命的观点：人的命运早已写定，个人再如何努力，也无法改变既定的悲剧。书中一再说贾宝玉不肖，其实是点出他与父辈不同的价值观，但贾宝玉既不愿遵从父兄师友的教诲去求取功名，又无法脱离家庭而独立生存，最后出家做了和尚，这并非现实中的出路，而是作者的回避。在这一点上，曹雪芹不及吴敬梓乐观。吴敬梓的《儒林外史》对现世和世人讽刺极深，但他最后写市井中的四大奇人，于琴棋书画的艺术追求之外，同时也能不弃贱行来维持生计，还是给那些与功名富贵决裂的叛逆读书人指了一条出路。

真正能看懂《红楼梦》的人，不会觉得书中所写有多豪华风流，只会觉得悲哀。鲁迅的《中国小说史略》里说："悲凉之雾，遍被华林，然呼吸而领会之者，独宝玉而已。"清醒的总是极少数。

当然，以曹雪芹的温暖，他写人间的悲凉绝望，下笔还是留了余地。虽然他知道人事无常，荣华易逝，尘世万物最后都成虚空，却并不否定人间的至情。贾宝玉和林黛玉的知己之爱，好比乌云背后透出的一线光亮，有了这一道光，《红楼梦》中的世界便不至于黑漆漆一团，毫无希望。

五

《红楼梦》未完，对于读者来说，是一种遗憾。

我最开始看的是人民文学出版社一九八二年版的《红楼梦》，封面上写着两个作者的名字：曹雪芹、高鹗。此书到了二〇〇八年第三版时，作者署名改成了：曹雪芹著、无名氏续。我很早就知道，曹雪芹的《红楼梦》只写了八十回，后面是别人续的。

张爱玲初读《红楼梦》时年纪甚小，她在《论写作》里说是八岁，在另一篇文章《忆胡适之》里又说才十二三岁。那时她不知道后四十回是别人续的，她谈到当年的观感：看到第八十一回时，忽然天日无光。确实是这样，小说中这种前后割裂的感觉是极为明显的，不需要多丰富的阅读经验，或是高深的鉴赏能力，只要认真去读，都能体会得到。当时我读到后四十回，只觉得人物个个言语乏味、面目可憎起来，尤其是本应长袖善舞八面玲珑的王熙凤，说出来的话也甚是无趣无味。

对于这著作权不详的后四十回，我所看到的说法中，批评的多，赞赏的少。俞平伯、张爱玲的观点都颇激烈。俞平伯的《红楼梦辨》中这样评论：

这类弄鬼装妖的空气，布满于四十回中间，令人不能卒读。而且文笔之拙劣可笑，更属不堪之至。

张爱玲在与邝文美的谈话中曾说到：

人生恨事：

（一）海棠无香。

（二）鲥鱼多骨。

（三）曹雪芹《红楼梦》残缺不全。

（四）高鹗妄改——死有余辜。

这话说得极端，张爱玲后来出版《红楼梦魇》，里头也有类似的说法，但是把最后一条恨事去掉了。宋淇与邝文美夫妇是张爱玲的挚友，我想与朋友交谈，所说的话应当比公开出版的内容更加无所顾忌、也更是张爱玲真实的想法吧。

鲁迅的《中国小说史略》中说得平和些，他说高鹗补《红楼梦》，是在乾隆辛亥时，当时他还未中进士："'闲且惫矣'，故于雪芹萧条之感，偶或相通。然心志未灰，则与所谓'暮年之人，贫病交攻，渐渐的露出那下世光景来'（戚本第一回）

者又绝异。是以续书虽亦悲凉，而贾氏终于'兰桂齐芳'，家业复起，殊不类茫茫白地，真成干净矣。"但对于高鹗的续书，也是持批评的态度。

我深爱《红楼梦》，对于他人所续的后四十回，亦极为不喜。但后四十回中，有一个场景，却令我印象深刻：贾政扶贾母灵柩至金陵安葬后，回程中在驿站泊船停留，当日大雪，忽见雪影中有人光头赤足，身披大红猩猩毡斗篷而来，却是宝玉。贾宝玉不发一言，向贾政拜了四拜，便随着一僧一道而去，贾政追赶不及，这三人转眼不见，只余白茫茫一片旷野，并无一人。

贾政与贾宝玉这一对父子，是价值观截然不同的严父与孽子，两个人从来也没有互相理解过，但是人世中是有比个人的哀乐分量更重的东西，血缘亲情、纲常伦理，都是越不过去的人间羁绊。当年贾宝玉去家塾读书，要辞贾母、王夫人、贾政，还要特意去辞一辞林黛玉，然而到了却尘缘的时候，贾宝玉唯一能辞别的人只剩下了这个从来也没有理解过他的父亲。人生到了一定的阶段之后，再往下走，生命就是一个不断失去的过程，领悟到这一点，真是叫人难过。这时候的辞别原也不需要语言，任何话都是多余的。

曹雪芹本要写万境归空，但没有写完，续写者笔力不及，后四十回中贾家沐皇恩、延世泽，还是落入了俗套。不过这个雪中拜别的场景，倒是照应了前头太虚幻境中所唱的谶语："落了片白茫茫大地真干净。"让人有苍凉悲切之感。

六

很多年后，我开始阅读《金瓶梅》，看到书中西门庆以惊人的速度聚集财富，又毫无节制地放纵欲望，最后从暴发走向暴亡，妻妾流散，家财耗尽，才算是看到了"万境归空"式的结局。

兰陵笑笑生是何人？至今没有定论。但曹雪芹的生平有考证，他是有傲骨亦有才气的人，如他好友敦敏的《题芹圃画石》中所写："傲骨如君世已奇，嶙峋更见此支离。醉余奋扫如椽笔，写出胸中魂磊时。"这样的人在俗世中恐怕是不合时宜的，与他同时代的蒲松龄、吴敬梓也是如此，因为天下熙熙攘攘，皆为名利得失，而曹雪芹辈却看重一些并不能带来现实好处的东西，日子苦得不得了，还是无怨无悔，不免被世人看作痴傻。

张爱玲能理解曹雪芹，她在《红楼梦魇》中肯定地说出曹雪芹的孤独和力量："曹雪芹在这苦闷的环境里就靠自己家里的二三知己给他打气，他似乎是个温暖的情感丰富的人。"张爱玲也是这样的人，她写《红楼梦魇》，在孤独中花十年时间来比对《红楼梦》的各种版本，也真是一种豪举。要当伟大的作家，要写出伟大的作品来，是必须要有这样的决心和勇气的。

十四岁那年的初夏，每天傍晚放学回家，我都会搬张小板凳坐到门口，捧着厚厚的《红楼梦》孜孜不倦地读。门前马路上脚踏车来来往往，是邻家的大人们陆续下班回来了。路灯亮得真早，天边的霞光还是一片烂漫轻红，微风吹来，带着大运河上清凉的水汽，还有远远的轮船的鸣笛声。那时候我还没有意识到《红楼梦》的伟大与文学的永恒，可是书卷在手带来的那种内心安定，让我觉得这世间一切莫不静好。

到底是张爱玲

一、手辣与心狠

读到张爱玲，于我是个意外。好像元宵节看花灯，本是要图个热闹，不想抬头见月，清似水，圆如镜，流光溢彩，静默宏大，人间的灯火，顿时就黯然失色了。

中学时，女同学中流行看言情小说，也不知道这些书是从哪里来的，或许是从大人单位的图书室里借出来的，也可能是同学自己在书摊上买的，一本本言情小说在班级里辗转流传，书页被翻得稀皱脱落，可见中学女生读小说的劲头之足。其中，竟有一本张爱玲的小说集。今天想来，这应该是本盗版书，纸张菲薄，装帧粗陋，然我爱不释手。张爱玲的小说本不该被拿来与言情小说同列相较，但我既是同时看了这一堆书，难免产生比较的心理。张爱玲小说的不同寻常，在于真实，对于人生，从不做无聊的意淫，相比甜腻腻软绵绵的言情小说，张爱玲的文字如利剑出鞘，斩断了不切实际的幻想，让人看到世界的残酷与腌臜。

我爱张爱玲，就是爱她下笔的狠辣。

写文章，可淡远如水墨画，寥寥点染几笔，便画出天高云低、野渡孤舟，而自有神韵；也可深狠如雕刻，须得一刀一凿，才能纤毫毕现，人物分明。张爱玲是属于后一派的，对于人性中的弱点，她挖得极深，绝不伪饰。后来她的遗作《小团圆》出版，在这部自传体的小说中，她对自己的剖析也是狠得不得了，男女之间、母女关系，都是爱恨交缠，间杂与母亲还金断情、在纽约冒险打胎这样的个人隐私，实在是一次经历与感情、生理与心理的大曝露。张爱玲在给宋淇和邝文美夫妇的信中说过："我在《小团圆》里讲到自己也很不客气，这种地方总是自己来揭发的好。"所谓的"不客气"，正是她的手辣之处：真实、犀利，对自己亦不讲情面。

当代作家毕飞宇在《小说课》中分析作家性格，认为鲁迅是"心慈"加"手狠"的作家，并说这是大师级作家的共同特征。我很以为然，但同时也觉得要当一个好作家，"心狠手辣"也未尝不可。

张爱玲的手辣，是源于心狠。

张爱玲的心狠，不是没有哀矜，也不是缺乏同情心，而是她对现实看得分明，人生的来龙去脉都在她清醒冷静的洞察中，所以她从不放纵自己陷入无聊的幻想，也不会因为心软而对现实有所粉饰。她说自己自幼如小间谍似的待在大人身边听和看，家人、亲戚、大人的朋友，都是她观察的对象，也是她笔下人物的原型。《红玫瑰与白玫瑰》是她母亲朋友的故事，张爱玲小时听了男主角的自述，便记住了，《金锁记》《倾城之恋》《创世纪》等篇，也是她冷眼旁观而得来的，这在她的作品中也有提及说明。那些被写到的人，看了小说后据说都很气，恐怕是与张爱玲没有笔下留情有关的。

因为看得分明，所以张爱玲也是悲观的。她喜欢苍凉，也说过："再圆满的结束也还是使人惆怅。"她的小说中，极少有圆满的结局。《倾城之恋》算是圆满的，旧式家庭中出来的女人白流苏，走投无路、沦为情妇，却因为一场战争意外获得了婚姻，成为范柳原名正言顺的妻，然而男人和女人之间一刹那的谅解，只够他们在一起和谐地活个十年八年，即便是满意于这结局的白流苏，也没有天长地久的奢望。《留情》亦算圆满，敦凤与米先生之间有着种种不快和别扭，还是一同回家去了，他们是相爱的，虽然实际的问题一样都没有解决——感情是有的，但都是千疮百孔的感情，果然还是使人惆怅的。

这种入骨的悲观苍凉，多少与张爱玲不快乐的人生经历有关。她自小父母离异，中学毕业后曾遭到父亲与后母的打骂、威胁与囚禁，后来逃到母亲那里，母亲也没能给她期盼的爱。张爱玲真是孤独到了极点，她在《小团圆》里写女主人公九莉的遭遇："差点炸死了，都没人可告诉，她若有所失。"这本是她自己的亲身经历，在散文《烬余录》里也曾经写到过。

张爱玲下笔的狠辣，并不易体会，因为一不小心，就会被她华美的文字所迷惑，而忽略了故事残酷的本质。我读《金锁记》，一开始也只注意到文笔之美、比喻之妙、写作技巧之高，比如开篇一段对月亮的描写就让人劈面惊艳，以"朵云轩信笺上落了一滴泪珠"来比拟三十年前的月亮，这真是从何处想来！还有一段时间跳跃的文字：

风从窗子里进来，对面挂着的回文雕漆长镜被吹得摇摇晃晃，磕托磕托敲着墙。七巧双手按住了镜子。镜子里反映着的翠竹帘子和一副金绿山水屏条依旧在风中来回荡漾着，望久了，便有一种晕船的感觉。再定睛看时，翠竹帘子已经褪了色，金绿山水换为一张她丈夫的遗像，镜子里的人也老了十年。

这一段之前，张爱玲以极细碎的笔法写曹七巧在姜家的一日：夜半丫头们背后说闲话、晨起妯娌姑嫂间暗藏机锋的斗嘴、在老太太面前搬弄是非、与三少爷季泽调情，甚至于曹七巧娘家的兄嫂都出场了。曹七巧的处境，与众人的关系，她的个性、她的欲望、她的怨恨，都交代得清清楚楚，此后她在姜家的日子，想必也是这样日复一日地过下去，确实没有重复叙述的必要了。张爱玲不动声色地用镜中景物的变换，跨越了十年时间，直接转入下一个高潮迭起的场景中去。这种画面组接的技巧，犹如文字的蒙太奇，在时空转换上获得了极大的自由，也在叙述上完成了最高的提炼。

然而若只能看到这些好处，未免失于肤浅，也辜负了张爱玲在写作上的良苦用心。张爱玲小说的好处，在于深、在于真，在新旧交替的大时代里，她对人生、人性的思考与看法，深刻独特，鞭辟入里，而表面的华美不过是手段，并非目的。

张爱玲写过一篇《到底是上海人》，来夸赞上海人，如今我要夸赞张爱玲，亦只有套用这个题目《到底是张爱玲》，方能表达出长久以来我对张爱玲的喜爱。

二、女人和女人

文学是人学。

张爱玲善写人际关系，她的一支笔是直接揭开了纲常伦理的粉饰，要挖到血淋淋的真相里面去。

张爱玲小说中写及女人与女人的关系，与血缘亲情有关的，有母女、姑侄、姐妹、婆媳、妯娌、姑嫂，此外则还有主仆、朋友、同学、同事，这些女人之间，全是算计、较量，甚至战争，几乎没有例外。而女人与女人之间的战争，最大的起因是恨与妒：梁太太与葛薇龙，顾曼璐与顾曼桢，白流苏与三奶奶、四奶奶，等等，莫不如此。《桂花蒸·阿小悲秋》写的是靠劳力吃饭的阿妈们，劳动阶层毕竟淳朴得多，但女人和女人之间，也是互相攀比着计较着，又亲热，又疏远。

张爱玲小说中写得最精彩的，还属母女关系。

母女关系，本是人际关系中最亲密无间的一种，母爱的无私伟大，也在文学作品中被一再颂扬，但张爱玲笔下的母女关系中，最缺乏的就是爱。

《金锁记》发表于一九四三年，当时张爱玲还是文坛新人，却以《沉香屑·第一炉香》《倾城之恋》《封锁》等短篇小说横空出世，其中《金锁记》之深刻老辣，实比成名的作家还要高明厉害，是张爱玲一生中最好的作品。夏志清称这篇小说是"中国从古以来最伟大的中篇小说"，傅雷写文章批评张爱玲的小说，但是对于《金锁记》，却十分赞赏："毫无疑问，《金锁记》是张女士截至目前为止的最完满之作，颇有《猎人日记》中某些故事的风味。至少也该列为我们文坛最美的收获之一。"

女主人公曹七巧是扭曲的、疯狂的、变态的，她做了母亲，在母女关系中，也还是充满了怨毒和嫉恨。

从曹七巧的经历来看，她是有理由变态的，因为她作为正常人类的情感早就在过去的遭遇中被消磨干净了：娘家的兄嫂为了钱财将她嫁给大户人家的残疾少爷，原本是做姨奶奶的，婆家为了让她死心塌地，把她抬为正头奶奶，然而家中从上到下，没有人瞧得起她，甚至于丫头老妈子都拿她当笑话看。本性要强的曹七巧，在这样的环境中更加暴躁，渐至于疯狂。

在封闭压抑的高门大户中，曹七巧也有过感情上的期待，三少爷季泽是她所能接触到的、跟她年纪相当的健全的人，因此她对季泽产生了爱恋，这也是她一生中难得的温情。然而三少爷季泽是个心里门儿清的花花公子，他既没有真情，也绝不会为了一时兴致冒险去招惹曹七巧。倒是十年后，曹七巧死了婆婆、死了丈夫，又分了家，手里抓了实实在在的钱财、房产、田地，这时候季泽上门来了，他说得那样深情、苦楚，可实际上不过是想利用曹七巧的感情去骗取她卖掉一生换来的钱——这就是她等来的爱。

曹七巧和季泽撕破了脸，她流着眼泪，从楼上的窗户里看着季泽离开，她原本就是个缺乏感情的人，在这一刻，她连三少爷虚假的感情也失去了，她终于成了彻底的疯子。

张爱玲小说中的家庭，都不完满，她甚至认为："家庭太温暖，反而使人缺少那股'冲劲'。必须对周围不满，才会发愤做事。"但她的小说中，不完满的家庭带来的，并非发愤，而是毁灭。

曹七巧心中无法排解的怨恨，化成武器，杀气腾腾地扑向她身边的人，儿媳袁芝寿被活活折磨死了，接替的绢姑娘扶正后不到一年也吞鸦片自杀，儿子长白从此不敢再娶，只在妓院出入。

女儿长安没有死，却是被毁得最彻底的一个。比如，在不时兴小脚的年代，曹七巧强行给已经十三岁的长安缠足，导致长安的脚伤残无法复原，曹七巧微妙的心理是可以揣摩到的：因为她自己的脚是缠过的，如今必须在鞋子里塞棉花装文明脚，那么凭什么长安就可以有一双天足呢？长安生了痢疾，曹七巧竟不给她看医生，只劝她抽鸦片，最后长安染上了烟瘾。长安有机会念书，也让曹七巧闹得终于退了学。

长安年轻，毕竟未来还有可能性，在亲戚的介绍下，她有了一个留学归国的未婚夫童世舫。长安是满意的，从此一心一意要摆脱家庭的阴影，想回归正常人的生活，她努力戒鸦片，面对曹七巧的辱骂也沉默微笑以对。然而曹七巧是容不得女儿有幸福的可能的，她不仅逼迫长安退了婚事，还以谎言彻底切断了长安与童世舫的联系。

长安与童世舫诀别的一段写得极好，平静而绝望，无言中，一切都结束了：

他穿过砖砌的天井，院子正中生着树，一树的枯枝高高印在淡青的天上，像磁上的冰纹。长安静静的跟在他后面送了出来，她的藏青长袖旗袍上有着淡黄的雏菊。她两手交握着，脸上显出稀有的柔和。世舫回过身来道："姜小姐……"她隔得远远的站定了，只是垂着头。世舫微微鞠了一躬，转身就走了。长安觉得她是隔了相当的距离看这太阳里的庭院，从高楼上望下来，明晰、亲切，然而没有能力干涉，天井，树、曳着萧条的影子的两个人，没有话——不多的一点回忆，将来是要装在水晶瓶里双手捧着看的——她最初的也是最后的爱。

作为母亲的曹七巧，带给女儿长安的，是全方位的压迫：生理上的残害、精神上的打压，甚至断其前途，毁其姻缘。曹七巧对长安，没有母亲的爱，只有一个女人对另一个女人的嫉恨。

《金锁记》是张爱玲最早的作品之一，到了晚年的《小团圆》中，张爱玲笔下母女之间的关系还是爱恨交缠，甚至相视若仇，总是充满了争斗的意识。张爱玲以如此异乎寻常的角度来观照母女关系，未必是要刻意挑战伦理，恐怕就是她人生体验的如实呈现。

三、男人和女人

张爱玲笔下的男女关系，就更是战争了。而这战争的根源，在于男人和女人之间的隔阂：再相爱的男女，也总是隔着些什么。

《小团圆》里写到九莉的两段感情。与邵之雍相恋时，九莉已经感觉到两人之间价值观上的隔阂："他真相信有狐狸精！九莉突然觉得整个的中原隔在他们之间，远得使她心悸。"在第二段恋爱中，当燕山告诉九莉他已经结婚时，九莉也是有类似的感受："立刻像是有条河隔在他们中间汤汤流着。"

张爱玲小说中，罕有男女心贴心的，"隔"是男女之间最常见的状态。因为始终隔着什么，所以男女之间要试探、要角力，爱情中的阻力大多来自男女自身，即便他们是情侣，是夫妻，但也仍是对手。《半生缘》是个例外，沈世钧和顾曼桢之间没有战争，破坏感情的力量都是外来的，但是《半生缘》写得通俗，算不得是张爱玲的精彩之作。

写男女战争，最精彩的是《倾城之恋》《红玫瑰与白玫瑰》《封锁》三篇。

在男女战争中，男人都是进攻的发起者，出于不同的目的，和女人玩真真假假的游戏，但始终有所保留。往往在女人认真了的时候，男人就开始退缩，想要回到安全的领域里去。

《倾城之恋》里的范柳原是没有要走入婚姻的打算的，他爱白流苏，但只愿把恋爱当作一种生活的调剂，即使他十分清楚白流苏处境艰难：六亲无靠，青春不再，急于寻得一张长期饭票。范柳原主动安排白流苏到香港，在相处中，时而亲昵，时而冷淡，给白流苏以虚假的希望，实际上是拿稳了白流苏跳不出他的掌控，最后只能做他的情妇。这是一场不对等的男女较量，范柳原是爱白流苏的，但他仍是一个毒辣的狩猎者，稳操胜券地等待猎物自投罗网。

在《红玫瑰与白玫瑰》中，男主人公佟振保是立志要做一个自持的完人的，侍奉母亲、提拔兄弟，对待朋友热心讲义气，在个人的操行上也有一个坐怀不乱的好名声。但他很轻易地就被朋友的太太吸引了，红玫瑰王娇蕊热烈放浪，佟振保很快就放弃了自己的操守。他与王娇蕊是彼此相爱的，但在相爱时，佟振保一方面得意非凡，同时却也舍不得放开他的前途和名声，所以一到摊牌的紧要关头，他立刻就做出了本能的下意识的选择：爱情和眼泪都是身外物，他必须保住他自己。

《封锁》里的男女主人公不过是萍水相逢，他们之间的战争是一场无来由的莫名其妙的攻守战。封锁中的电车上，已婚男人吕宗桢为了吓退讨厌的亲戚，故意要做出下流的样子来，不得已向随机选择的对象吴翠远发起了调情的进攻。他并不喜欢吴翠远，甚至于自己说的话转头就忘了，但说着说着，他竟也入戏了，他享受吴翠远的脸红与可爱，也说起未来的打算，当然他是不可能离婚的，但眼下的感情似乎是真的。突然间封锁结束了，这场短暂的恋爱戛然而止，吕宗桢迅速回到原来的座位上，也是回到了正常的人生轨道中，留给吴翠远的是徒然的震撼。

男女战争中，女人总是投入更多的那一方，因而也更真诚些。《封锁》中张爱玲是这样收尾的：

她明白他的意思了：封锁期间的一切，等于没有发生。整个的上海打了个盹，做了个不近情理的梦。

但其实在这个故事里，女的是在做梦，男的却是在做戏，梦是不受控制的，也许还带着真实的情感，而做戏，可不就是揣着明白装糊涂。

佟振保和王娇蕊之间也是如此。王娇蕊是赤诚地去爱的，虽然受到了辜负和欺骗，但她学会了认真的爱。在意外重逢时，她对佟振保说："爱到底是好的，虽然吃了苦，以后还是要爱的。"她是真诚的。佟振保则是不甘心的，重逢时他竟哭了起来：

忽然，他的脸真的抖了起来，在镜子里，他看见他的眼泪滔滔流下来，为什么，他也不知道。在这一类的会晤里，如果必须有人哭泣，那应当是她。这完全不对，然而他竟不能止住自己。应当是她哭，由他来安慰她的。

在与王娇蕊的战争中，自私的佟振保获得了暂时的胜利，但他不明白，在漫长的人生中，只有勇于去爱的人，才有可能获得真正的幸福。我想张爱玲是明白这个道理的，且有意安排了这样的情节：热烈而真诚地去爱的王娇蕊，最终得到了快乐，而佟振保只能在他自造的令人窒息的小天地里继续做戏——演一个好人。

从结局来看，这三场男女战争只有《倾城之恋》获得了世俗意义上的圆满，范柳原与白流苏在战后结婚了，但这是由意外的大事件推动的，并不可复制。相比之下，《红玫瑰与白玫

瑰》《封锁》中，隔阂的男女各自走向不同的生存状态，这样的
结局才是现实的、清醒的。

在《小团圆》里，九莉对爱的看法是："她一直觉得只有无
目的的爱才是真的。"《小团圆》既然是自传体的小说，张爱玲
在给朋友的信中承认是写自己的故事，这看法自然也可以当作
是张爱玲的观点和期待。在张爱玲的小说中，很少有人能得到
这样的爱，那么张爱玲本人，在现实中是否曾经得到过无目的
的真爱呢？

四、批评与回应

喜欢张爱玲的人多，批评她的声音也不少。但若批评没有
落到作品上，而是去关注作家的相貌衣着、生活习惯之类，实
在是一种寻流逐末的做法。

对张爱玲作品的批评，说得客观而深刻的是傅雷。傅雷是
翻译家，为人做事极严肃认真。钱锺书和杨绛夫妇与傅家有交
往，杨绛写过《〈傅译传记五种〉代序》的文章，里面提过一件
小事，有一次傅雷称赞杨绛的翻译，杨绛随口客气回应，傅雷
不悦，忍耐一分钟后说："杨绛，你知道吗？我的称赞是不容易

的。"不随便夸奖人的傅雷，有才华，自视高，却愿意专门写一篇文章来评论当时的文坛新人张爱玲的小说，是对张爱玲的看重。傅雷的《论张爱玲的小说》这篇文章发表在一九四四年的《万象》杂志上，署名迅雨，彼时张爱玲刚在文坛横空出世不久，引人注目，傅雷一方面肯定张爱玲的写作技巧，同时也可惜她在《金锁记》之后创作上的倒退。

傅雷对《金锁记》的赞誉很高，认为这篇小说对人的欲望刻画极其深切，在技巧上也获得了很高的成就。但也正因为有《金锁记》的对照，傅雷才对张爱玲后来发表的《连环套》批评格外严厉：内容贫乏、人物虚假、自贬风格。

傅雷的批评是认真的，他分析了张爱玲已发表的六七篇小说后，敏锐地指出张爱玲在创作上的危机：其一在于题材上不够辽阔，往往限于男女问题，只看到恋爱与婚姻；其二是文学遗产记忆过于清楚，容易搬用旧小说的俗套滥调。此外，技巧对张爱玲的诱惑也是危险的。这几点意见都切中要害。宋淇说傅雷写这篇文章是"爱之深和责之切"，只有爱惜新人，才会对她有更高的要求，傅雷的批评，确实是诚恳而带有惋惜之意的。

根据宋淇的说法，张爱玲当时并不知道署名"迅雨"的文章是傅雷写的，一九五二年张爱玲南下香港后，经宋淇告知，她方才知晓前因后果。在傅雷发表文章的同年，张爱玲有过回应，她写《自己的文章》，对《金锁记》《倾城之恋》《连环套》的创作做了一点说明。题材上，张爱玲认为她写的就是那么一个时代，《连环套》的故事被批评为贫乏无意义，但本有其事，她也就这样写出来了，女主人公是低等的人物，贪婪地囤积物质、嚼吃残羹冷炙，张爱玲写这样的人物，是有一种怜悯在里面的："人吃畜生的饲料，到底是悲怆的。"技巧方面，张爱玲认为自己用的是参差的对照的写法，这种写法能使小说更接近事实。对于套用旧小说词句的做法，张爱玲承认这不免刻意做作，预备将来要改掉一点。

张爱玲对批评的回应也是认真的，诚恳的。

我认为，傅雷指出张爱玲小说题材的局限当然有他的道理，但张爱玲也有自己的考虑。我从看到的几条材料中，很容易得出这样的结论：其实这种题材上的不够辽阔，是张爱玲有意选择的结果。

邝文美与张爱玲交谈甚多，她在《我所认识的张爱玲》中对张爱玲创作的选材有过解释：

在题材方面，她喜欢写男女间的小事情，因为"人在恋爱的时候，是比战争或革命的时候更朴素，也更放恣"。她觉得人在恋爱中最能流露真性，"这就是为什么爱情故事永远受人欢迎——不论古今中外都如此"。

宋淇的《私语张爱玲》中提到张爱玲在香港时写作一部由别人拟定大纲的小说，她写得很不顺手，结果也并不怎么好，所以这次的经验更坚定了张爱玲的信念：决不写她不喜欢、不熟悉的人物和故事。

张爱玲在《小团圆》中则说过："比比也说身边的事比世界大事要紧，因为画图远近大小的比例。窗台上的瓶花比窗外的群众场面大。"

张爱玲身处的时代，当时的大事，有世界大战，有政权更替，有群众运动，但这些辽阔的题材，并不是张爱玲所熟悉的，对于她来说，真正抓得住的，还是身边的人和事，她所看到的男男女女，以及他们的爱恋。所以在辽阔的世界大事件与熟悉的身边小事情之间，她的选择必然是后者。

批评虽多，张爱玲是不大回应的。她说过："一般读者的反应我如果关心的话，早气死了。"对于一些把她骂得很不堪的文章，她有容忍的雅量。我所见的，除了对傅雷的回应外，张爱玲还有两篇打笔墨官司的文章。在《不得不说的废话》里，张爱玲回应的是被冤枉多拿稿费一事，这事关职业道德，所以必须要辩白。张爱玲另有一篇《羊毛出在羊身上——谈〈色·戒〉》的文章，是回应读者的一篇评论，写得颇细，但在最后申明"下不为例"：

> 我最不会辩论，又写得慢，实在匀不出时间来打笔墨官司。域外人这篇书评，貌作持平之论，读者未必知道通篇穿凿附会，任意割裂原文，予以牵强的曲解与"想当然耳"，一方面又一再声明"但愿是我错会了意"，自己预留退步，可以归之于误解，就可以说话完全不负责。我到底对自己的作品不能不负责，所以只好写了这篇短文，下不为例。

张爱玲写得较真，这是她实在的地方，也是她的可爱之处。其实除了傅雷的文章，其他的批评我觉得都不值一顾。

五、生活与死亡

在我看来，生活中的张爱玲是非常可爱的。

外界对张爱玲的看法中，常有性情孤僻、不好相处、架子很大等评语，对此张爱玲自己没有解释什么，倒是她的朋友邝文美为她抱过不平。比如有人说张爱玲不同人打招呼，邝文美说明那是因为张爱玲近视而又不喜欢戴眼镜所带来的误会。而张爱玲不大与人交往，据邝文美的说法也是事出有因，一是她作息日夜颠倒，二是她因敏感症要特别小心饮食，所以不大外出社交或赴宴。在邝文美眼中，张爱玲是风趣可爱的，常常谈笑风生、妙语如珠。

不同的人看张爱玲，得出的印象如此截然不同。我想朋友或许有溢美，批评者则难免溢恶，我是宁愿细读张爱玲留下的文章、与朋友的通信，在点点滴滴的印象中形成自己的判断。

晚年的张爱玲不置物，生活极简单干净，这种生活的状态于我是心向往之，引为楷模。

张爱玲喜看书，却尽量不买书。她与庄信正的通信中，常提到互相寄书、稿子和杂志等事，而张爱玲的习惯，如借了书，看过后必定寄还，不嫌邮件往来麻烦，如能就近借到的书，也叮嘱朋友务必不要寄来，略录几段：

一九六六年十月八日，张爱玲致庄信正：

《文星》看着非常感动，过天就寄还。那本短篇小说集千万不要寄来，等我有空可到这里图书馆借，他们这一类书最多，一定有。

一九七〇年六月二十四日，张爱玲致庄信正：

甲戌本我目前不需要用，图书馆借也很方便。

一九七一年三月一日，张爱玲致庄信正：

上次借给我的，等这两天找出我的书来，一并寄给你。

少买书、少置物件是张爱玲主动的选择，因为在她看来，身外物是累赘，要自由地生活，添置的东西自然是越少越好。另一方面，张爱玲晚年搬家次数太多，"三搬当一烧"，也在无意间造成她身外之物的减少。她在给夏志清的信中曾几次抱怨："我搬来搬去次数太多，有两篇没发表的短篇小说稿子都遗失了。""上次搬家，只搬过一条街，就丢了一匣子书。"说明这样的情况是经常发生的。

张爱玲为了搬家方便，生活中一切都简化到极点，庄信正在《初识张爱玲》这篇文章中对此有所描述，因为从这段文字中可以清晰地看出张爱玲晚年的生活态度，虽然较长，还是引录如下：

年轻时她在上海喜欢"奇装异服"，到我认识她的时候，她的衣着已属于保守派了，穿一件素淡的旗袍。至于住处，她是实用主义者，从来不讲派头，只要方便就行。有一次对我说她宁愿买廉价而简单的家具，搬家时不至成为累赘。这对我后来不注重房内摆设的习惯有直接的影响。她去伯克利以前我替她物色下榻的地方，曾收到她的一封信，具体表示了心目中的条件：

（一）一间房的公寓（号称一间半），有浴室，Kitchenet；

（二）离 office 近，或者有公交汽车来回方便。地点合适，宁可多出点房钱，每天可以省不少时间。

（三）最好房子不要太老，比较干净。

（四）此外都随便，家具可有可无，如有床，最好是榻床或沙发，装修、光线、嘈杂、房间太小，都完全没关系。

我在生活中看到的情况正好相反，一般人总是生怕自己占有的不够多，物质、名利、金钱，恨不能用这些把自己的生活填得满坑满谷的。晚年的张爱玲看穿这一切不过是人生的拖累，她住小房子，不撑场面，稿费也不多要，因为译书朋友要多给稿费，她宁可不译了。这做派，真像《儒林外史》里的奇人，有世间少见的通透潇洒。

我也喜欢张爱玲对创作的认真态度。一九五五年她坐船离开香港，船过神户时，本来不想上岸去，但是——"后来想说不定将来又会需要写日本作背景的小说或戏，我又那样拘泥，没亲眼看见的，写到就心虚，还是去看看"——她是时时刻刻把写作这件事放在心上的。她对于生活有一种包容和热爱，喜欢听市井的声音，坐电车，自己买菜，看小报，她很高兴自己可以做一个自食其力的小市民。

一九九五年九月，张爱玲在洛杉矶去世。因她独居，所以死后几天，才被发现。她的身后事由其遗嘱执行人林式同，以及张错、张信生、庄信正等几人成立治丧小组办理，火化后海葬。

用世俗的标准来看，这样的结局当然是凄凉的，但若是深知张爱玲的个性，又会觉得对于她来说，孤独而清静地死去又是极其相宜的。张爱玲不喜与人接触，与朋友的交往多采用通信或通电话的方式，而联系也并不频繁，越到后期，她回信和接电话就越少。张爱玲初到洛杉矶，是杨荣华和庄信正帮忙安顿好的，杨荣华的《张爱玲召见记》里写到这件事："安顿停当，临别时她很含蓄地对我们表示：虽然搬来了洛杉矶，最好还是把她当成住在老鼠洞里。意思自然是谢绝来往。不久，她来信告知电话号码，不过声明不接电话的。"离群索居，原就是张爱玲的习性。

张爱玲自己的文章里，有两处提到过她对死亡的看法。

一是《洋人看京戏及其他》中，她说："婚姻与死亡更是公众的事了。闹房的甚至有藏在床底下的。病人'回光返照'的时候，黑压压聚了一屋子人听取临终的遗言，中国的悲剧是热闹，喧嚣，排场大的，自有它的理由。"很显然，张爱玲是排斥拥挤而热闹的围观的，婚姻也好，死亡也好，对于她来说是非常个人的事情，她本人并不期待被孝子贤孙们包围着寿终正寝的死法。

另一篇《忆胡适之》中，张爱玲评论胡适的猝逝："又隔了好些时，看到噩耗，只惘惘的。是因为本来已经是历史上的人物？我当时不过想着，在宴会上演讲后突然逝世，也就是从前所谓无疾而终，是真有福气。以他的为人，也是应当的。"张爱玲极崇敬胡适，她对胡适逝世的评说，应当是真心实意的。而她自己最后，也因心血管病突然去世，没有经历久病在床的苦楚，以她的观点来看，实在也是一种福气。

张爱玲愿意做一个俗人，但其实她是真的不同凡俗，现代文学史上名作家颇多，我最爱的还是张爱玲。

小说备忘录

自小我总是一个人待着的时候居多。

陈寅恪说："一生负气成今日，四海无人对夕阳。"我不负气，但无人相对的境况我是再熟悉不过了。幼时学校里教了珠算，我便独在家中练习，从一加到一百，算盘珠子打得噼啪作响，虽只有我一人，那声音也是热闹响亮，如沸如羹，终于有一遍干脆利落打完，算盘上的数字一毫不差，我心中高兴，然四下寂然，这桩快事我并无人可告诉。后来上了书法课，课后我也是自己在家练毛笔字，用隶书写苏东坡的"大江东去"，端端正正一张大字写完，找不到人来同看，唯有起身去把毛笔砚台洗干净。

我很早就习惯了独处，大部分无人可对的辰光，我都用来看书。

我小时候看书极快，尤其是看小说，有风卷残云之势。读中学时，有一年夏天，我到亲戚家做客，午后大人们在厨房里拣豆子，要烧绿豆粥吃，我百无聊赖，就在阳台上看书。地上摊了一堆言情小说和武侠小说，都是从书摊上租来的，我翻书飞快如风，到黄昏，竟把那十来本书全部翻完了。仲夏的落日如碎金，斜斜地铺晒到阳台上，我踩着温热的书页，探头去看楼底下盛开的绣球花和夹竹桃，快吃夜饭了，公园里玩耍的伢儿都被大人叫了家去，只有知了还在"嘶啦嘶啦"吵闹着，我心里安静轻快，有一种满满的喜悦，但小心翼翼藏着，并不想跟人去说。

对于小说的喜爱，是在那时候形成的。我在小说里，看到的不止有故事和人物，还有与我眼前所见全然不同的世界和生活。我喜欢王小波在《万寿寺》里的说法："一个人只拥有此生此世是不够的，他还应该拥有诗意的世界。"我在小镇长大，又从小被管束得厉害，对生活的理解是很容易陷入狭隘偏激中去的，小说给了我另外一个世界，它充满诗意，同时又广阔永恒，比现实的世界要可靠可亲得多。我开始写作小说之后，偶尔会遇到有人跟我说："我是从来不看小说的。"这样的话有时是出于真诚的抱歉，有时是一种刻意的说明，但言下之意，总是带着对小说的偏见，似乎读小说是一种不值一提的行为。对此，我很少与之辩论，但任何轻视都无法动摇小说在我心中的地位，我是深深同意梁启超所说的："小说为文学之最上乘。"

一、故事万花筒

80 年代后期，我第一次看到《台港文学选刊》，犹如拿到了一只故事的万花筒，看到各种悲欢离合的故事在狭窄幽深的空间里绽放，并不宏伟，但胜在缤纷变幻，引人入胜。

最初的《台港文学选刊》从何而来？借阅还是订购，我已无法忆起当时的确切情况。实际上对于这本杂志的由来，我也不甚了了，直到写这篇文章，我到网上查询，才从福建省文联的官网上得到如下信息："《台港文学选刊》是我国第一家专门介绍台港澳及海外华文作家作品的文学期刊，创办于一九八四年九月。由福建省文联主管主办，《台港文学选刊》杂志社编辑出版。"

这本杂志刊登的文学作品，以中短篇小说为主，也有散文和诗歌。它算不上我文学的启蒙，毕竟之前我已读了《红楼梦》

和张爱玲的小说，但《台港文学选刊》确实为我打开了一个新奇的文学世界。我在其中所读到的小说，有朴素，有华丽，当然并非篇篇精彩，有时我豁然欢喜，有时亦疑惑失望，但各种形态的取材和写法让我明白一个创作的道理：写小说并无定式。创作就是不破不立，就算破而不立，也还是要破的好。王禹偁的《乌啄疮驴歌》里写鸶鸟的凶狠："啄破旧疮取新肉。"写小说若要追求突破和创新，也是必须要有那样一种狠劲的。

三十多年前在万花筒里看到的作家和故事，至今还记得一些。

李碧华的《秦俑》，我从头至尾抄录了一遍——因为当年镇上没有复印机，而我又实在太喜欢这篇小说了。

李碧华是香港女作家，她作风低调神秘，网络如此发达的今日，要找到她清晰的照片竟也相当不易，从前更是不可能有途径去了解她的年纪、样貌。我总以为人难免有虚荣心，写作的人，当然想被大众看到和认可，但是以作品行世和求自身出名还是不同的。李碧华把自己藏得那样深，只用文字和世界打交道，是真的透彻潇洒。

李碧华的小说个人风格相当鲜明。

我在《台港文学选刊》上读到的李碧华小说，有《秦俑》《诱僧》《青蛇》《荔枝债》，此后我又在别的地方读到了《胭脂扣》《霸王别姬》和她的其他一些短篇小说。若笼统地看，李碧华小说的题材常写的是"男女"情感，不算出奇，用她自己的话来说，好看的小说不外八字真言："痴男怨女，悲欢离合。"但男女的故事也各不相同，李碧华笔下的故事有"聊斋"之风，常于现实之外，另加一层真幻难辨的面纱，因而男人和女人在奇诡时空里的挣扎，更加艰难，也更加动人。比如，《秦俑》起手便写陵墓中的一只蚂蚁，而血祭俑窑的冬儿在世间轮回，一次次回到陵墓，与蒙天放再续前缘。《胭脂扣》里女鬼如花返回人间寻找失约的情郎，然说起黄泉路上的见闻，与现实中邵氏女明星自杀的新闻严丝合缝，让人疑幻疑真。李碧华小说的故事来源常是历史、传说，但加入了作者对生死、爱恨、权力的思考，故事便有了新的理解和生命，小说的背景是壮阔的，也是浅淡的，是空白上影影绰绰打的底子，真正的点染仍集中在那关键的几个人物身上。

文字上则简练而有艳色，因李碧华多写悲剧，那艳也就是凄艳了。李碧华的《胭脂扣》里写烟花女子坐下时总是侧身斜靠，而姿态优美，且从不正视对方，永远斜泛眼波，烟视媚行。李碧华的文字，虽多用短句，但用语上也有这样一种淹然百媚。如写剃发，《诱僧》里是："委了一地。都似破碎黑缎。往事不记。"《霸王别姬》里又有别样的比喻："关师父用剃刀一刮，一把柔软漆黑的头发飘洒下地，如一场黑色的雪。一下又一下。"化用经典也仍带有自己奇崛妖艳的特色，《青蛇》中有这样一段：

每个男人，都希望他生命中有两个女人：白蛇和青蛇。同期的，相间的，点缀他荒芜的命运——只是，当他得到白蛇，她渐渐成了朱门旁惨白的余灰；那青蛇，却是树顶青翠欲滴爽脆刮辣的嫩叶子。到他得了青蛇，她反是百子柜中闷绿的山草药；而白蛇，抬尽了头方见天际皑皑飘飞柔情万缕新雪花。

这仿的是张爱玲小说《红玫瑰与白玫瑰》开头的比喻。张爱玲以"明月光""朱砂痣"来比喻感情中得不到的渴望，以"蚊子血""饭黏子"形容得到后的厌弃，喻体全从现实生活中信手拈来，自然浑成。李碧华的比拟与生活隔了一些距离，稍落下乘，但也不失自己的格调。

我曾经看到一篇文章，大意是说李碧华的小说在纯文学和市场之间杀出了一条血路。但以我所见，李碧华的小说还是偏于通俗的，对于市场，她有睥睨的气派，亦有俯就的考虑。她的小说，胜在故事和文字，今天再看，我不免觉得不够过瘾，但在少年时，李碧华小说的奇诡华丽，对我具有相当的吸引力，我还记得我坐在昏黄的台灯下，认认真真、工工整整地抄写《秦俑》："它是一只蚁……"

西西亦是香港女作家，我只在《台港文学选刊》上看过她的一篇小说——《像我这样的一个女子》。

小说开篇直白而幽怨："像我这样的一个女子，其实是不适宜与任何人恋爱的。"故事写女入殓师的生活：自幼失怙，由姑母抚养长大，并传授其化妆技艺，带她入行，由于工作的特殊性，她逐渐失去朋友，变得郁暗沉默。

事实上小说只写了一个场景，即女入殓师坐在咖啡室里等待她的男朋友到来，她将与他坦诚自己的情况，而等待她的，是未知的结局。其他的内容，都以女入殓师内心独白的方式来完成交待。这种关注人物内心和意识的写法，是可以归入意识流文学之列的，但与常见的意识流小说不同的是，西西这篇小说中的内心剖白，并没有写得如意识流动一般扑朔迷离或天马行空，而是经过了精心的设计，内在条理清晰，在女入殓师自怨自艾的独白中，一步一步展示主人公的经历和心理：

与男友初识时，男友就误会了她的工作，他以为她只是个给新娘化妆的普通女子，女主人公为什么没有解释？因为对世人胆怯的了解，因为保持沉默的习惯。

女主人公选择这个职业的原因在于，她读书不多，而这份工作收入甚丰，也不必担心失业，最重要的是，面对死者，她并不畏惧。

这份工作让姑母失去了曾经深爱她的男子，而女主人公也在不断失去朋友后，慢慢安于孤独。

她为什么不能换一份工作？她要不要对男友隐瞒真相？女主人公在内心回答自己，也回答读者可能有的疑问。

女主人公的男友会是一个勇敢的人吗？小说最后没有给出确定的答案，作者收笔于男友捧着花走入咖啡室，留下了很大的想象空间。

这篇小说没有李碧华小说那样浓烈的情感和色彩，即使通篇是人物矛盾不安的情感，还是写得细腻、平静、清淡。但是题材选择上对现实生活中边缘人群的关注，让小说在平实中又显奇特，我因此对西西以及《像我这样的一个女子》久久难忘。

同在那几年，我也在《台港文学选刊》上读到了台湾女作家廖辉英的《油麻菜籽》和李昂的《杀夫》。

这两篇小说，都写女性的悲苦，写女性在人生中孤立无援的处境，而造成女性生存困境的原因，都是双重的：男权社会是不会爱惜尊重女性的，而来自原生家庭的打压也是女性生活中的另一重荆棘。写女人的苦，这两篇都写到了实处，就好像拳头实打实地落到身体上，那种真实的痛感所带来的震撼，不是单靠技巧取胜的小说可比的。

廖辉英的《油麻菜籽》，题目就是意象，作家自己的定义是："所谓油麻，就是稻子收割以后，留在田地上的杂草。"所以，油麻菜籽是一种没有价值的卑微的存在，命运随风飘摇，无法自控。女人就是油麻菜籽的命，至少在有些年代有些地方，这是一种固定的观念，不仅被社会大众认同，也被女人自己所认同。

小说中阿惠的母亲，有艳色，出身好，下嫁给了家长看中的憨厚的年轻人，陪嫁丰厚，婚后又一举得男，按世俗的标准，这已经是一个女人所能获得的最完满的生活了。然而由家长指定的婚姻，总是过于轻视感情，而重视其他方面的考量，利益、门第，或者如小说中的外祖父那样，挑选一个看起来老实可靠的女婿，把女儿的终身托付给他。可是没有感情基础的婚姻，是建筑在沙滩上的城堡，再豪华再盛大，也逃不过崩塌的命运。在女主人公阿惠的记忆里，自懂事起，她看到的只有父母的对骂打架，母亲怨恼哀泣，而父亲不拿钱回家，在外面和别的女人相好。外祖父面对自己挑选的女婿，无法责备，唯有哀求，而对着女儿，只能劝她认命，因为——女人就是油麻菜籽的命，这个男人，这桩婚姻，无论好坏，都是你的命，只有忍耐下去。

可悲的是，吃了一辈子苦的母亲，接受了"女人就是油麻菜籽命"的这一套说法，所以由她主导的家庭，是一个重男轻女的原生家庭。在这个家庭中，女孩阿惠六岁就要带弟弟，帮母亲做家事，在母亲流产的夜晚，阿惠冒着风雨去找人帮忙，救了母亲的性命，但在母亲心中，最看重的还是儿子，吃饭也要多给儿子一个鸡蛋。她教训女儿：女人就是油麻菜籽命，落到哪里就长到哪里。是啊，女孩子是要嫁人的，将来还不知道跟谁姓呢，儿子却是可以继承家中香火的。在小说中，阿惠为了逃离原生家庭，决定结婚。在结尾处，作家还是美化了这个故事中的母女关系，在最后添了一笔温情：阿惠穿上了婚纱，她用戴着白色手套的手去抚摸母亲斑白的头发，她看到了母亲的无助和衰老，于是，阿惠跪下去，抱住母亲，看着母亲老迈的、充满了过去无数忧患的脸，阿惠喊着"妈妈，妈妈"。

《油麻菜籽》写的是廖辉英的亲身经历，现实中作家本人过得更苦，六岁开始做家事，寒暑假每天要跪着洗家里八个人的衣服，十六七岁想过要自杀。在很多年后，廖辉英终于能够直面自己与母亲的关系，可以说出真相：其实母亲并不爱我。

尽管现实残忍，廖辉英本人是温暖的，写的时候笔下留情，她给了阿惠一条出路：受过教育、经济独立、自主选择婚姻。小说这样写是作家的温柔，希望给女性一种期待，一个将来，就像李宗盛为电影《油麻菜籽》写的歌所唱的那样："我好高兴有了自己的将来。"

李昂的《杀夫》则是残酷到底，女主人公林市没有任何希望和将来。

林市的可悲，其一在于她极少有幸感受这个世界的善意。她父亲早亡，由寡母带着流落街头，捡破烂为生，由于饥饿，母亲以身体换取两个饭团，因此被族人处置，不知所终。林市寄居在叔叔家，她没有至亲的爱护，没有受教育的权利，做着苦差事，还是吃不饱，周围的人们也对她充满恶意，在这样的环境中，林市慢慢成长为一个沉默木讷的妇人。其二，林市的可悲还在于她自身的无知和胆怯，她过着牲畜般的生活而不自知，除了想要吃饱饭，她当然不可能有更高的人生追求，面对炼狱般的生存环境，她没有逃离的自觉，也没有反抗的能力，当然，如此软弱愚昧的人物，最后竟被逼得杀人，这样的情节安排，是更能显出社会环境对女性的严酷压迫的。

廖辉英的《油麻菜籽》把婚姻作为年轻女性脱离原生家庭、走向将来的一条出路，但在《杀夫》中，婚姻则是女性的另外一重炼狱，林市相当于被叔叔卖给了年近四十的杀猪仔陈江水，从此成为丈夫欺凌、虐待的对象。杀猪仔陈江水没有将林市当成人来对待，妻子是他的所有物，他宁可把少有的温情交付给妓女，而对林市则是强暴、拳脚相加、言语羞辱，最后林市在饥饿与恐惧中走向疯癫，她拿起尖刀如杀猪般宰杀熟睡中的丈夫，这是林市唯一的爆发，也是最后的毁灭。

《油麻菜籽》让我感到悲戚，而《杀夫》则令人读之汗下，这两篇都不是囫囵吞枣式的阅读可以轻易解决的小说，我初读时不过十来岁，没能有深刻的理解，但亦已不能忘怀，后来有机会再读，才慢慢品出故事背后的悲苦与无奈。我想女性作家下笔如此狠厉，也是因为她们对于女性的生存困境，比起男性作家，有更深的认识。

相比之下，大部分男性作家的小说倒显得温润了。从《台港文学选刊》上我也看了不少男性作家的短篇小说，其中我最喜欢段彩华的《花雕宴》。

段彩华的生平资料很难找到，约二十年前有一篇文章《胡马依北风 飞鸟翔故里——江苏籍台湾作家返乡采风活动散记》中提及段彩华，可知他是江苏人。

《花雕宴》写江南嫁娶的风俗，是偏于乡土的题材。故事很简单：行脚僧被花雕酒的香气吸引，误闯喜宴，竟贪恋俗世美酒，入席与众宾客饮酒谈笑。情节推进主要靠人物对话，谈及美酒，人人语言俊逸，诗意和禅意交缠，譬如：桃花一年仅开一次！好酒一生难得几回！历经三十四年的花雕，当合花饮！而涉闺阁之处，用语又极静极艳，王维诗里说："嫩竹含新粉，红莲落故衣。"段彩华的语言中就有那样的鲜艳分明，又以动衬静。

结尾处，白马受惊，危急中行脚僧以酒杯击中马背，喜宴得以继续。行脚僧却不告而别，禅杖、袈衣都不及带走，僧袍在水上漂着，光背的行脚僧在绿野上走着。行脚僧倏忽而来，又倏忽而去，没有人知道，经历了这一番红尘浸染，他是更无牵挂地走向青灯古壁，还是从此向往尘寰，走入桃花满枝的人间。

《花雕宴》可取之处颇多，但年少的我单是看到语言之美，就觉得珍贵，生出欢喜来。如今我已近知天命之年，幼时所记的笔记、所买的书籍，几乎都已丢弃殆尽，很多那时看过的小说也早已记不真切，但这篇小说我一直留着，闲来常读，仍是觉得艳若桃花、动静有度。

《台港文学选刊》这本杂志，让我在小说阅读上开了眼界。中学时我订阅了几年，直到读大学住校后，才因为接收不方便，我又转而习惯去图书馆借书看，这本杂志才慢慢淡出了我的阅读世界。

为了写这篇文章，我上网查询这本杂志的信息，这才发现，曾经带给我很多阅读乐趣的《台港文学选刊》，在新媒体时代，影响力已渐渐式微，我对这本杂志仍有着一种特殊的亲近感，对此也真是感到惆怅。

二、江湖侠客影

读书要啃硬骨头，方可有所寸进，这个道理我是后来才慢慢领悟到的。

少时无知，中学阶段我看得最多的，还是言情小说和武侠小说，因为通俗文学易读，主题、结构、人物、语言，不管在哪方面，作者都没有要为难或挑战读者的地方。但这两类小说虽都通俗，读来感受并不相同。言情小说如甜腻点心，浅尝即可，若是当成主食来吃，最后不免倒了胃口。而读武侠小说如对酒当歌，豪情万丈，荡气回肠，让人醺醺然沉醉其中，自造出一个独有的江湖世界来。

我沉迷过这样的江湖世界。

从前我读唐诗，看唐朝的诗人们在天地间漫游，有出塞，有归京，有送别，有重逢，登高长吟，意气风发，我总觉得唐诗里头也藏着遥远的江湖，每读到"十步杀一人，千里不留行""新丰美酒斗十千，咸阳游侠多少年""满堂花醉三千客，一剑霜寒十四州"之类的诗句，胸中便有满溢的豪情，但是不知如何表达。

然而诗歌里的江湖是朦胧的，因为在诗歌有限的篇幅里，无法铺展出扎实的故事，也很难塑造鲜明的侠客形象，没有情义、善恶、恩仇的纠葛对抗，这个江湖虚幻如海市蜃楼，只可远观，不能深入。直到我在中学校门口的书摊上买到一套盗版的《金庸全集》，我才阅读到一个完整深厚、风云激荡的江湖世界。

这套《金庸全集》上下两册，每本的厚度足抵两块红砖，里面有金庸的十五部武侠小说，除了"飞雪连天射白鹿，笑书神侠倚碧鸳"之外，连《越女剑》这个短篇也有。字是小得令人难以置信，古人以"蝇头小楷"来形容字迹之微，而这套书的印刷字号更是细如蚊足，也亏得当时年轻，目力好，竟然也就看下来了。

金庸笔下的武侠世界当然也是虚构的，但其小说常用历史事件作为故事的背景。比如《射雕英雄传》的故事发生在南宋初年，第一回以说书人讲《叶三姐节烈记》起手，描画北宋末年靖康之变带来的生灵涂炭之景，书中主要人物郭靖、杨康的命名，也是寓意不可忘靖康之耻。《鹿鼎记》则以清代著名的文字狱"明史案"开篇，此案《清稗类钞》有载，金庸所写，与史书无异，小说中所涉历史人物，均如实呈现，第一回中的吕留良、黄宗羲、顾炎武乃明末清初著名文士，而与"明史案"有关的南浔庄家、湖州归安县知县吴之荣、富户朱佑明、杭州将军松魁等人，亦全按史书所记来写。如此，虚构的江湖世界也就立在了实处。

从春秋战国到宋元明清，从大漠瀚海到烟雨江南，在磅礴壮阔的历史画卷上，金庸挥毫泼墨，英雄侠义，阴谋诡谲，门派之争斗，人性之复杂，情义之无价，人物蚁集，穷形尽相，布局繁杂，气度恢廓——这才是令我神往的江湖。

司马迁《史记》中有《游侠列传》，对最早的侠之属性说得分明："今游侠，其行虽不轨于正义，然其言必信，其行必果，已诺必诚，不爱其躯，赴士之厄困，既已存亡死生矣，而不矜其能，羞伐其德，盖亦有足多者焉。"在司马迁的定义中，侠客，最重要的不是正义仁爱，而是须得说话守信，行事果决，重然诺，轻生死，那才是侠的精神。

金庸笔下的侠客，千态万状，各不相同，然从内在来看，均是符合司马迁对侠的定义的。最典型的例子是《射雕英雄传》中的江南七怪。江南七怪本是嘉兴市井中人，属贩夫走卒之流，其人有落拓书生、樵子渔女、屠夫小贩，等等，个个身怀绝技，却也有固执刚愎、察人不明的弱点。江南七怪与丘处机最初所起争端，全因误会，其实不难解释，但江南七怪颇有地域本位意识，在言谈中数次提及南北之争："他全真派在北方称雄，到南方来也想这般横行霸道，那可不成。"言既不合，便起争斗，一番恶战，最终两败俱伤。后来误会既解，心高气傲的江南七怪却仍是纠缠于输赢，实在算不上是胸襟开阔之辈，但也正是因为这好胜之心，这七人慨然与丘处机订下赌约，竟离乡背井，远赴大漠，在苦寒之地挨了十八年，救助孤寡，甚至赔上性命，又是大英雄真侠士之所为。丘处机先以《史记》中的荆轲、聂政、朱家、郭解的事迹相激，后又在书信中赞江南七怪"千金一诺，间关万里，云天高义，海内同钦，识与不识，皆相顾击掌而言曰：不意古人仁侠之风，复见之于今日也"，可见金庸写侠客，用的就是司马迁信、果、诚的标准。

金庸小说中的英雄侠客，有正气凛然、豪迈磊落之属，如乔峰、郭靖、袁承志；也有性格不羁，偏于孤傲的类型，如黄药师、杨过、夏雪宜。若一部书中同时出现这样截然相反的两类侠客，我反容易被后者吸引。

比如《碧血剑》，小说以袁承志的成长、寻宝、复仇为主线，毋庸置疑袁承志便是小说的第一主角，他出身名门，乃明末大将袁崇焕之子，幼时即武勇，敢与老虎恶斗，后拜在华山派神剑仙猿穆人清门下，得名师指点，学得一身高强武艺，下山后行侠仗义，成长为一代大侠。袁承志一生走的都是正道，他再光芒四射，也让人觉得理应如此，对于这样的侠客，我年少时读来，不免觉得过于四平八稳，颇嫌乏味。

而书中没有正式出场的另一主角金蛇郎君夏雪宜，金庸则用的是旁枝斜逸之笔来写的，未见其人，暗器先行，华山绝壁的洞穴里有他留下的金蛇锥，打造成昂首吐舌的蛇形，诡异古怪如其人。金蛇郎君真身出现，已是一具骷髅，而其临终布置的石室、留下的遗物，均设置了重重机关，穆人清评其"用心深刻，实非端士"，也是实话。在小说中，金蛇郎君的事迹，主要靠两个女人的叙述来完成。在温仪的回忆中，可以看到金蛇郎君的悲惨身世和血海深仇，以及最终战胜仇恨的一腔深情，在金蛇郎君死后，温仪等了他十多年，细思之，这样的情节安排，有着"可怜无定河边骨，犹是春闺梦里人"式的凄然和震撼。而在何红药的叙述中，金蛇郎君是一个冷酷、狠毒的负心汉，他利用何红药的倾心相许去盗取五毒教的三宝，令何红药身受万蛇咬啮之灾。这个亦正亦邪的人物，最后自尽于华山。金庸写金蛇郎君，笔墨并不算多，但其性情之复杂，形象之鲜明，都是远超主角袁承志的，这样的角色穿插在以袁承志为主线的叙述中，好似流星划过夜空，刹那光辉，反而让人难以忘怀。

在金庸的所有武侠小说中，我的阅读感受，常常是觉得浓墨重彩刻画的主角，反不及寥寥数笔而写的人物来得精彩，比如《笑傲江湖》中的风清扬，遭逢大难，心灰意冷，机缘巧合下传授令狐冲独孤九剑，又飘然离开，让人觉得世外高人确实不可轻出，就当如此来无踪去无影，其潇洒神秘，实在主角令狐冲之上。而带头大哥型的侠客，在我看来，也不及独行侠来得迷人，比如《倚天屠龙记》中的张无忌，背负着门派和一众追随者，心中有了责任感，就不可能再任性妄为，从角色的魅力来看，是不及《神雕侠侣》中的杨过、《飞狐外传》中的胡斐这样的侠客，有着千里我独行的洒脱不羁。

对于小说来说，人物固然重要，但篇幅到了一定的长度，结构和场面的重要性就出来了。哈金有一个理论：一部长篇小说就是写三十个场景。场景也即是特定时空范围内，包含人物和冲突的场面描写。金庸以文字掌控大场面的功力，令人叹为观止，以我少时的武侠小说阅读经验来看，当是武侠文学中之第一人。

场面要有人，人要有冲突。金庸笔下的大场面，特点之一，必定有来自各方势力的人物，人数众多且关系复杂，这些人物如同泉流，汩汩而来，最终百川汇海，一起进入某个空间。特点之二，这些泉流并不能相互融合，虽处同一空间，仍是泾渭分明，有各自的立场和目的，从而形成对抗。

譬如《飞狐外传》第一回到第三回，就是一个大场面。当日大雨，除了商家堡诸人外，在商家堡大厅中躲雨的，有属飞马镖局的镖客、趟子手、脚夫，有三个武官，有抛夫弃女、与情人田归农私奔的苗人凤之妻南兰，有流落江湖的平四与少年胡斐，有以阎基为首前来劫取镖银的盗贼，还有抱着幼女追赶妻子而来的苗人凤……这些人物之间，关系彼此交错，因而大小纷争频起：武官与镖局中人乃意气争斗；阎基志在镖银，而其身怀的两页拳经，正是平四和胡斐要找回的胡家拳法刀法的总诀；在南兰眼中，她的丈夫和女儿加在一起，也不及田归农的一个微笑，这又是一场情感上的对决。最后，苗人凤输了感情，平四要回了拳经，田归农追随南兰而去，商家堡的主人商老太出手，赶走阎基，留下镖局众人和平四叔侄在堡中居住。

金庸如指挥着一场浩浩荡荡的交响乐演奏，大处着眼，细部婉转，忽而昂扬，忽而柔情，让人沉溺其中，不觉间余音袅袅，早已曲终人散。

金庸的武侠小说中，几乎都有这样的大场面。《神雕侠侣》中杨过赴襄阳为郭襄献礼祝寿，当时蒙古铁骑驰骤而来，又恰逢丐帮大会，杨过以解襄阳之困、火烧蒙古大军粮草、揭露潜伏丐帮的蒙古王子霍都真面目，以为郭襄的三件寿礼，家国大事与儿女情长融合无间，极见功力。《倚天屠龙记》中的大场面，莫过于六大门派围攻光明顶，张无忌排难解纷，独当六强。从前我每次读到明教众人在死前念诵经文一节，都感到既悲且壮：

众人只待殷天正在宗维侠一拳之下丧命，六派围剿魔教的豪举便即大功告成。

当此之际，明教和天鹰教教众俱知今日大数已尽，众教徒一齐挣扎爬起，除了身受重伤无法动弹者之外，各人盘膝而坐，双手十指张开，举在胸前，作火焰飞腾之状，跟着杨逍念诵明教的经文：

"焚我残躯，熊熊圣火。生亦何欢，死亦何苦？为善除恶，惟光明故，喜乐悲愁，皆归尘土。怜我世人，忧患实多！怜我世人，忧患实多！"

明教自杨逍、韦一笑、说不得诸人以下，天鹰教自李天垣以下，直至厨工夫役，个个神态庄严，丝毫不以身死教灭为惧。

若以人物之多寡、关系之复杂、场面之宏大的程度来看，《射雕英雄传》中脍炙人口的"华山论剑"还不是金庸笔下排得上号的大场面。

金庸写得最好的大场面，是《天龙八部》中的"剧饮千杯男儿事""杏子林中，商略平生义""昔时因"三章。这三章所用的是剥洋葱式的小说结构，由外而内，一层剥掉，又是一层，逐步深入，直到接近最核心的事件。当代作家张炜用"东方套盒""俄罗斯套娃"式的结构来概括这种写法，也是同样的意思，即：一个大故事里面套一个小故事，小故事里面还有一个更小的故事。

在杏子林中，最表面的事件是：丐帮副帮主马大元离奇身死，作为丐帮帮主的乔峰亲到江南查访真相，却遇到慕容复麾下两员大将包不同、风波恶的挑衅，几位丐帮长老遂与之打斗。这是杏子林场景中发生的最无关紧要的事件，却也在令人兴味盎然的武打描写中，写出了众人的性情和特点，让人看到乔峰的豪迈飒爽、内心精细，王语嫣在武学方面的博学多才，还有包不同的滑稽，风波恶的好斗等。最终双方的恶斗被乔峰制止，结束了这一层叙事。

第二层事件中，另一拨由八袋舵主全冠清带领的丐帮帮众抵达现场，向乔峰发难，此为丐帮内乱，对于乔峰来说，实是凶险无比。乔峰以武力断然制住全冠清，兔起鹘落，干脆利落，令其无法作声，再吩咐下属前去解救被囚禁的传功长老和执法长老，此时气氛极为紧张。而在等待的过程中，为稳住众人，乔峰为新结拜的兄弟段誉引见各位长老，又让现场舒缓下来。这一段叙事有张有弛，也凸显出乔峰的大智大勇。最后叛乱者错失良机，束手就擒，乔峰平定叛乱，又自流鲜血赦免几位叛乱长老的罪责，大获全胜。

一波刚平，一波又起，越往里走，事件越严重。退隐已久的徐长老的到来，引出第三层叙事：一个针对乔峰的更大的阴谋浮现出来。丐帮之外的各路豪杰先后到场，马大元遗孀马夫人亦到现场，既指控乔峰杀害马大元，又带出乔峰的身世之谜。几方人物的回忆拼凑出三十年前的往事：雁门关外，乱石谷前，中原豪杰与契丹武士萧远山曾有一场恶战，而乔峰，正是契丹人萧远山之子。当时契丹入侵中原，乔峰的身世便是他的原罪，因此乔峰主动退位，离开丐帮，至此，第三层事件亦已结束。

然而谜团并未完全解开，马大元何人所杀？乔峰的身世又如何被泄漏？真正的起因和关键人物，金庸均未在此处作出说明。直到在七章之后的"烛畔鬓云有旧盟"中，才由罪魁祸首马夫人说出她谋杀亲夫、揭露乔峰身世的原因，只是因为几年前二人初遇，不恋女色的乔峰未曾向她瞧上一眼。这一安排，可谓草蛇灰线，伏延千里，真正的大作家，在叙事上就应当这样沉得住气。

在"飞雪连天射白鹿，笑书神侠倚碧鸳"这十四部武侠小说中，《白马啸西风》最是特别。另外十三部，均以男性侠客为中心人物，只有这部，是女侠成长小史。比起其他的小说，《白马啸西风》篇幅更短小，人物更简单，且故事发生地未出大漠草原的范围，情节也更集中。我几乎是在同时看了金庸所有的武侠小说，对于不同作品的差异感受就分外强烈，如果说那些动辄数十万言的武侠鸿篇巨制奇伟磅礴如交响乐，那么《白马啸西风》就如草原上天铃鸟的歌声，简短轻灵，温柔婉转。

　　故事的外壳还是常见的武侠小说套路。女主人公李文秀的父母因身藏高昌迷宫地图，而被奸人杀害，李文秀得计老人收养，又机缘巧合，救助"一指镇江南"华辉后，拜其为师，学得一身武艺。大多数主角成长型的武侠小说都有这样的情节设置：父母早亡，主角背负血海深仇，又总能得到高人指点，或有意外奇遇，比如《射雕英雄传》之郭靖、《倚天屠龙记》之张无忌、《神雕侠侣》之杨过、《碧血剑》之袁承志，等等。

　　剥开故事的外壳，金庸武侠小说的核心则在于"情义"。《白马啸西风》以女性视角来写，其中的情与义就更显得细腻动人，而这部小说真正要讨论的问题是：如果你深深爱着的人，却深深地爱上了别人，有什么法子？小说里写了三种应对之法。

　　一种做法是毁了对方。哈萨克人瓦耳拉齐从小喜欢同族女子雅丽仙，但雅丽仙并不爱他，瓦耳拉齐害人不成，被逐出族里，他于是去了中原，改名华辉，又学得高超武功，偷回部族后，不仅使毒计杀死了最爱的雅丽仙，还欲在水井里下毒，要害全族人的性命。这种自私的爱是毁灭性的，不仅毁灭了瓦耳拉齐的爱人，也毁灭了瓦耳拉齐自己，二十年来，他孤零零地住在高昌迷宫里，最后也死在这里。

另一种做法是守护对方。满头白发、老态龙钟的计老人，其实是瓦耳拉齐的徒弟马家骏，他为了躲避瓦耳拉齐，改扮成老人，躲在哈萨克铁延部里。马家骏收养了父母双亡的李文秀，对李文秀，他既同情又爱怜，然而李文秀逐渐长大，她的眼中，却只有哈萨克小伙苏普。为了苏普，李文秀深入迷宫，马家骏尽管畏惧瓦耳拉齐，但他对李文秀的爱战胜了他的胆怯，他不仅随同李文秀进入迷宫，更为了救李文秀性命而与瓦耳拉齐对战，最后与瓦耳拉齐同归于尽。马家骏的爱，是深沉而厚重的，即使得不到回报，即使付出生命的代价，他总是无私地爱护着李文秀。

第三种做法，是放弃与成全。李文秀深爱苏普，但是为了苏鲁克与苏普不会因为自己而父子失和，李文秀亲手将苏普推向了哈萨克姑娘阿曼。她仍然时时想着苏普，看到苏普和阿曼在一起，她又是高兴又是凄凉，甚至在学武时，她想过要学好了武功，把苏普抢回来。但李文秀不是瓦耳拉齐，她温柔善良，宁可自己落泪，也绝不会伤害苏普和阿曼。在小说的开头，李文秀骑着白马来到草原，在故事的结尾处，白马又带着她离开大漠草原，离开深爱的苏普，一步步走回中原：

白马已经老了，只能慢慢的走，但终于是能回到中原的。江南有杨柳、桃花，有燕子、金鱼……汉人中有的是英俊勇武的少年，倜傥潇洒的少年……但这个美丽的姑娘就像古高昌国人那样固执："那都是很好很好的，可是我偏不喜欢。"

宋时柳永擅填词，其词经歌姬传唱，流播甚广，因此有"凡有井水饮处，即能歌柳词"的说法。金庸的武侠小说亦读者众多，民间也有类似的说法："凡是有中国人的地方，都有人知道他的名字。""只要有华人的地方，就一定有他的武侠小说。"我从小爱看书，但中学时看的大部分书，在当时当地都找不到同好，所以阅读对我而言是一种孤独的体验。只有看金庸的武侠小说，同道特别多，少年时我常与小伙伴以书中的招式和故事互相考较切磋，沉醉在那个充满了风云变幻、豪情壮志的江湖世界里。所以，和我的其他阅读经验相比，金庸的武侠小说，未必能让我收获最多的知识与智慧，但一定能收获最多的快乐。

三、我的现代文学课

从前过年过节家里请客吃饭，一众小孩子都知道不可以乱坐位置，因有座次要排。后来我读到《水浒传》，才发现原来排座次本是我们的传统，一百单八将上了梁山，到忠义堂大聚会，最要紧就是把位置排好，三十六天罡，七十二地煞，务必要分得明明白白，绝无遗漏。古人论文学，也喜用"压卷""夺魁"一类的说法，这里头实在含着些要替作者竞争的意识。

现代文学中的大家们，自然也是有排名的。"鲁郭茅，巴老曹"，这是从文学成就上来排定的地位。我少时看书，现代文学的作品，最先看到的是张爱玲、钱锺书和沈从文的小说，因此在我心里头，对这三个作家有一种特别的亲近和喜欢。后来我念中文系，上了现代文学课，自然大开眼界，知道了更多的作家作品，然说起最爱的作家，排前面的仍是这三人，有一种"任凭弱水三千，我只取一瓢饮"的固执。

钱锺书和沈从文，生年相差在十年以内，可算是同时代的人，而两人早年的经历差异极大，一个接受系统的学院训练，一个浪迹在乡野江湖之间，但在小说创作上，有一点是相同的，他们所写的，都是自身经历中所见的人、事、物，写作时明显地带有一种旁观的姿态，与所写的人和事维持着一个距离。国学大师顾随论创作，提出一个理论："创作时要写什么，你同你所写的人、事、物要保持一相当距离，才能写得好。经验愈多，愈相信此语。读者非要与书打成一片才能懂得清楚，而作者却需保有一定距离。"钱锺书和沈从文写小说，均符合顾随的这一理论。

当然，观察的姿态还是不同的。钱锺书有学者的理性深刻，也有顽童的淘气促狭，所以他对所写的人、事、物多嘲讽讥刺，时不时开个机智的玩笑。沈从文却是感性极了，尤其当他写到有关家乡的内容时，一不留神就让自己投入眼前所见中去了。《湘行散记》里，沈从文记录自己回乡的一路见闻，当船停靠在杨家岨时，他遇到一个多情的小妇人，沈从文"几乎本能的就感到了这个小妇人是正在爱着我的"，他对她是那么同情，甚至要想个法子让那小妇人得到她所要得到的东西。因为这种投入，沈从文有一种从原始天然的环境中发现美的能力，他的那些以乡下为背景的小说里，其实写到很多残酷的事件，但由他写出来，竟也只让人觉得淳朴自然。

两位作家中，我是先知道的钱锺书。

钱锺书是绝世聪明的人物。那时我看了一本忘了是何人所写的《钱锺书传》，里头记了不少有关钱锺书的近乎传奇的逸事，让我对钱锺书的强识博闻留下了深刻的印象。后来我看书渐多，发现文章中凡有提及钱锺书的，无论是其同辈友人，还是后生晚学，人多钦佩仰慕，交口赞誉。学者夏志清回忆钱锺书访美之际二人曾有谈话，钱锺书同时使用中文、英文、法文，咬字发音极流利漂亮，他将钱锺书称为"当代第一博学鸿儒"，认为他是我国百年来无人可及的奇才。画家黄永玉与钱锺书有交往，他悼念钱锺书的文章《北向之痛》里提到一桩往事：他曾向钱锺书请教关于"凤凰涅槃"的典故，这个黄永玉查遍问遍北京城也没能解决的难题，钱锺书顺口在电话中就解答了，不仅说出了故事的渊源，还直接让黄永玉去翻中文本的《简明不列颠百科全书》第三本。黄永玉真心佩服钱锺书，认为他有真正的学问和智慧。何兆武是西南联大的学生，他的《上学记》里写了不少当时的老师，提到名气很大的钱锺书时，也说非得要很聪明的学生，才能跟得上他的课。

老实说，看了这些故事趣闻，我只觉得神奇，并没有真实感，直至我读到何炳棣的《读史阅世六十年》，里面说到历届中美和中英庚款考试合并统计，总平均最高的就是中英第三届的钱锺书。有实打实的分数作为依据，我看了顿时肃然起敬。

然而杨绛的散文《记钱锺书与〈围城〉》，写的不是一个学兼中西、文才横溢的钱锺书，而是一个稚钝憨傻、"痴气"旺盛的钱锺书。钱锺书是无锡人，他的经历相当单纯，一生在学校中出入，不是念书，就是教书。杨绛的这篇文章，除了将其履历略作交代之外，更重要的是写了他小时候的种种事迹，让人知道钱锺书的"痴气"的由来和表现，比如：他从小吃痴姆妈的奶长大，因而也有"痴气"；过继给长房伯父后，由"没出息"的伯父带着玩耍游荡，看闲书；和堂弟一起读书、淘气；甚至于上了中学，还因为文章写得不好，被父亲当众痛打一顿，羞愤而哭。成年后的钱锺书"痴气"依旧，生活上混混沌沌，成家做了丈夫和父亲，仍喜欢同妻女恶作剧，同家族里的儿女辈、孙儿辈玩笑逗闹。

钱锺书当然天资过人，但他的博学机敏，还是经过了"操千曲而后晓声，观千剑而后识器"式的长期训练的结果。施蛰存曾经在昆明与钱锺书做过邻居，他亲见钱锺书日日在屋子里读书做笔记，因此说过："钱锺书，我不说他聪明，我说他用功。"其勤奋可见一斑。而钱锺书的"痴气"，则是自然天性，他憨傻稚气的一面，那是至亲至爱的人才看得到的真性情。

《围城》写知识分子，写人生的可笑可悲，是了不起的讽刺小说，须得绝世聪明且熟谙学院的人才写得出来。而杨绛在文章的最后这样写："我觉得《围城》里的人物和情节，都凭他那股子痴气，呵成了真人实事。"可以说，钱锺书性格中的不同面向，都体现在他的长篇小说《围城》中。

初读《围城》，我注意的只是一些有趣的片段。钱锺书的机敏让他可以一眼看穿人的可笑之处，信笔调侃，写法上则举轻若重：其实都是普通人的荒唐与庸俗，钱锺书却引经据典，侃侃阍阍，好似用大手笔来写打油诗，真实又夸张，幽默又刻薄，是一种"精致的淘气"。

比如，回国后方鸿渐暂居上海的挂名岳家周府，有一姓张的买办见他家世头衔都不错，且经过战事后方家已摆不起乡绅人家的臭架子，因此有意要招方鸿渐做上门女婿。方鸿渐去张家相亲，牌桌上大杀四方，方鸿渐欣喜于赢了钱可买皮外套，因众人赖账不还，遂直言唤醒，因此得罪了张太太，婚事遂未成。但是方鸿渐并不在意：

当时张家这婚事一场没结果，周太太颇为扫兴。可是方鸿渐小时是看《三国演义》《水浒》《西游记》那些不合教育原理的儿童读物的；他生得太早，还没福气捧读《白雪公主》《木偶奇遇记》这一类好书。他记得《三国演义》里的名言："妻子如衣服"，当然衣服也就等于妻子；他现在新添了皮外套，损失个把老婆才不放在心上呢。

小说里这类征引式的调侃数量不少，还可随举几例：回国的邮船上，鲍小姐衣着暴露，同船的男学生们背后说笑，给她起外号叫作"真理"，又因为"真理是赤裸裸的"，而鲍小姐并未一丝不挂，又将外号修正为"局部真理"；方鸿渐不得已买假文凭回去哄骗父亲和丈人，便引柏拉图《理想国》里的话来安慰说服自己；方鸿渐的二弟鹏图得子，因孩子相貌长得丑，方遯翁便给孙子取名"方非相"，用《荀子·非相篇》的典故，而方鸿渐却说这名字是与鬼兄弟抬杠，因为《封神榜》中有个开路鬼叫方相。

"围城"的意象，说的是人对自己处境的不满意，所以"城外的人想冲进去，城里的人想逃出来"。小说主人公方鸿渐人不坏，但是"全无用处"。他懦弱胆怯，有心反抗包办婚姻，被父亲书信痛骂一顿，马上退缩求饶，到欧洲留学，又无毅力，只随便听课，生活懒散，最后只得买假文凭搪塞父亲与丈人。回国后方鸿渐在挂名丈人的银行里做事，他对现状不满，一心想去大学教书，及至接到三闾大学的聘书，又愈想愈觉得乏味。对待婚姻，方鸿渐也是这样的围城心态，自由恋爱结了婚，却又发议论说："倒是老式婚姻干脆，索性结婚以前，谁也不认得谁。"

方鸿渐的善良，是普通人的善良，他的懦弱，也是普通人的懦弱。人生中的选择，未必全出于自主，但在各种处境中的感受却是实实在在属于自己的，方鸿渐在"围城"中的矛盾、悔恨、无奈，也是常人所有的情感。所以，《围城》其实也是所有人的"围城"。

在小说的结尾处，方家祖传的计时错误的老钟从容自在地敲打起来，将过去和当下的时空错杂叠加在一起："这个时间落伍的计时机无意中包涵对人生的讽刺和感伤，深于一切语言、一切啼笑。"聪颖敏锐的人，更容易感受到人生的悲凉，钱锺书说过："目光放远，万事皆悲；目光放近，则自应乐观，以求振作。"这当然是乐观的处世态度，然而真正智慧的人，是不可能只将眼光放在近处的。这部充满了嘲讽调侃，令人捧腹的小说，最后收结在让人感伤的氛围里，我以为这正反映了钱锺书对人生的看法。

　　沈从文是个野孩子。他出生在湘西凤凰的一个军人家庭，六岁上私塾。沈从文小时候记忆力好，也是相当聪明的孩子，却不喜欢老老实实待在学校里，无论是最初的私塾，还是后来的新式小学。逃学，对于幼时的沈从文来说，是一种快乐的习惯。沈从文写文章回忆小时候的逃学经历《我读一本小书同时又读一本大书》，他认为书本再好也是小书，他渴望的是直接从生活这本大书中得来的智慧，所以他逃学去看生活：看人绞绳子、编竹篓、做香；看人下棋、打拳、相骂；看街上的针线铺、伞铺、皮靴店、剃头铺、染坊、豆腐坊……那时的沈从文带着儿童的天真在市井和乡野间游荡，成年后他仍带着那样的天真走向更宽广的世界。他读生活的大书，他的小说就是从生活这本大书里撕下来的几页，是原始的、纯净的。

　　和钱锺书不同，沈从文是没有学历的人，小学毕业后就去当兵了。后来他到了北京，没有机会上学，便开始写作。他得人赏识爱惜，都是因为创作上的才华。画家黄永玉是沈从文的表侄，他在《太阳下的风景》里写过一件往事：十八岁的沈从文在北京，在极端困窘的环境里——"下着大雪，没有炉子，身上只两件夹衣，正用旧棉絮裹住双腿，双手发肿，流着鼻血"——仍在坚持写作，这时候郁达夫看了他的文章，前来拜访，请他吃饭，还将付账后找回来的钱，以及一条羊毛围巾送给沈从文，嘱他好好地写下去。这大概是沈从文在早期的艰苦生涯中所获得的最珍贵的温暖。

后来沈从文到大学里去教书，因为没有学历，被人看不起。何兆武的《上学记》里写到沈从文在西南联大做教授，教书很用功，学生是认可的，但是学院派的同事们瞧不起他，比如刘文典就公然在课堂上宣称："沈从文居然也评教授了，……要讲教授嘛，陈寅恪可以值一块钱，我刘文典一毛钱，沈从文那教授只能值一分钱。"

刘文典学问做得好，为人有狂傲之气，我在书中读到关于他的逸事，只觉得有趣生动，对他并无反感。不过以我有限的治学和创作经验，我已知道严肃认真的文学创作其实并不比做学问来得轻松，而沈从文的小说，足可被誉为现代文学中最优美的作品，所以看到文人相轻处，我忍不住想替沈从文打抱不平。

沈从文自称是乡下人，他小说里写得最好的作品，都是与他的家乡有关的。我喜欢他小说的文字，好似乡下的溪水，幽深处仍清可见底，冷峭时如雪落无声，无论是写人间的艰难，还是温情，都有一种朴素的自然的美丽，让人看了眼睛明亮。

沈从文的小说里最有名的是《边城》，亦是我最早看到的他的作品。这是个发生在水边的故事，那文字也同水一般干净，没有多余的啰嗦的形容。沈从文写老船夫和翠翠的家，只有几笔：

有一小溪，溪边有座白色小塔，塔下住了一户单独的人家。这人家只有一个老人，一个女孩子，一只黄狗。

翠翠的家依着小溪，阴晴天气所见不同，晴时是：

风日清和的天气，无人过渡，镇日长闲，祖父同翠翠便坐在门前大岩石上晒太阳。或把一段木头从高处向水中抛去，嗾使身边黄狗从岩石高处跃下，把木头衔回来。

落雨天又是另外一种景象：

雨落个不止，溪面一片烟。

《边城》的故事，往深了看，是令人难过的：与翠翠相依为命的祖父死了，死时心里还带着无法排解的沉郁；相爱着的两个年轻人因为误会而不能有一个圆满的结果；真的成了孤雏的翠翠，只有一个老马兵照顾她，陪着她在碧溪岨把一个一个日子过下去，等待着一个也许永远也回不来的人。

这故事，沈从文写得举重若轻，年轻没有经历的时候来读，容易"只见春光不见愁"，只看到了表面的美好，而体会不了故事背后的忧伤。对于这个故事评价，我最喜欢许子东在《许子东现代文学课》里的说法："这么多好人合作做了一件坏事。"

沈从文这个乡下人，是极敏感多情的，尤其对于乡下，对于"家乡水边人事哀乐故事"，更是充满了感情，所以在沈从文的笔下，发生在乡下的故事，都有一种轻盈安静的自然之美。正如他在《从文自传·女难》中所写的："我不明白一切同人类生活相联结时的美恶，另外一句话说来，就是我不大能领会伦理的美。接近人生时我永远是个艺术家的感情，却绝不是所谓道德君子的感情。"他的小说《三个男子和一个女人》里写三个年轻男子，爱上了当地商会会长的小女儿，一个十五岁的标致的女孩子，后来那女孩子吞金自杀了。当地有传言：若是吞金自杀的人，七天内得到男子的偎抱，便可复活。其中一个年轻男子是豆腐铺子的老板，他把女孩子从坟里挖出来，放到山洞里，在女孩子身上撒满了蓝色的野菊花。这是为了救活那女孩子，还是为了圆自己恋爱的梦？不管出于哪一种目的，这样的行为都是挑战伦理的，甚至是令人感到恐怖的，但沈从文却把故事写得很美。

而对于生活中的无奈和悲惨，沈从文写来，也有一种乡下人的坚毅和包容。所以，《萧萧》里被引诱失身怀孕的童养媳，没有被沉潭或者发卖，萧萧生下儿子，一家人仍同从前一样有说有笑过日子；《丈夫》里被迫卖淫养家的妻子，最后和丈夫一起回转乡下去了。沈从文不会站在高处来批判这样的人和事，他是怜惜地注视着这些同他一样的乡下人，要他们好好生活下去，就如《边城》里老船夫说的那样："不许哭，做一个大人，不管有什么事都不许哭。要硬扎一点，结实一点，才配活到这块土地上！"

严肃认真的写作是一件艰苦而寂寞的事，我喜欢沈从文，因为从他的作品中可以看出他对文字的敬意和虔诚，他说过："我一生从事文学创作，从不知道什么叫'创新'和'突破'，我只知道'完成'……克服困难去'完成'。"

四、孤独守望者

外国文学我看得少。高中时，我只完整地看过两本外国的小说：加西亚·马尔克斯的《百年孤独》和塞林格的《麦田里的守望者》。

这两本书，一本写加勒比海沿岸的小镇上布恩地亚家族的百年兴亡，一本写美国中学生霍尔顿被学校开除后，在纽约游荡了两三天的经历。无论是时间跨度，还是地点所在，这两本书都迥乎不同，我却从这两本书里读出了同一种感受，就是孤独。

单独为孤，一人为独，孤独是一种无人相伴的处境，身体的，或者精神的。中国的古诗，很擅长写孤独。虽然翻翻古人的集子，赠答唱和的诗歌占了多数，但当热闹退去，诗人们沉静下来，自我的感受就会更加敏锐和强烈，也就更容易体会到孤独。陈子昂登上幽州台，他看到日月山川，看到亘古亘今，可是在那样广阔漫长的时空里，却看不到一个知己，因此他说："前不见古人，后不见来者。念天地之悠悠，独怆然而涕下。"空寂、无望、孤独，不过到底是唐人，虽是悲慨，还是有力，气象阔大。柳宗元诗里的孤独是可见的孤独："千山鸟飞绝，万径人踪灭。孤舟蓑笠翁，独钓寒江雪。"这诗若化为图画，须得天高山远，而人舟俱小，如顾随写的"上天下地中间我，往古来今一个人"。诗里的孤独，也是寂静的，听不见人声鸟声，所以要入乎其内，去听诗人心里的声音。

　　小说里的孤独是不一样的。至少在我所读的《百年孤独》和《麦田里的守望者》这两本书里，孤独是喧嚣中的孤独，它更复杂，也容易被人忽略。

　　马尔克斯的叙事极为迅捷，这意味着，在同样的篇幅里，他的小说需要的内容比其他小说要来得多。所以在《百年孤独》里，密集的人和事涌向马贡多，布恩地亚家族的七代人中，霍塞·阿卡迪奥和奥雷良诺循环出现，他们虽然经历各异，面貌不同，但都有一种相同的孤独气质，这造成了阅读上的极大障碍。《百年孤独》绝不是可以一气呵成读完的小说，第一遍读时我甚至无法理清人物关系，也抓不到事件的主线——因为小说里根本没有贯穿到底的大事件。我认为，在吵吵嚷嚷，充满魔幻的叙述中，人与人之间的隔阂，各人内心的孤独，这才是作者在意的、想要传达给读者的感受。这种孤独感来自何处？马尔克斯自己的解释是："因为他们不懂得爱情……布恩地亚整个家族都不懂爱情，不通人道，这就是他们孤独和受挫的秘密。我认为，孤独的反义是团结。"

塞林格的《麦田里的守望者》中，主人公霍尔顿是一个絮絮叨叨的少年人，他愤世嫉俗，虽然身边围绕着各式各样的人，但从他的眼睛看出来，大部分都是些假模假式的伪君子。霍尔顿的孤独感不是来自于他不懂得爱，而是因为他很难在人群中找到爱。

《百年孤独》写的是马尔克斯的童年体验，他花了十八年的时间创作了这部长篇小说，这十八年的创作里必然包含了长久的酝酿和构思，真正动笔的写作时间，根据马尔克斯与记者门多萨的谈话——这本谈话录被命名为《番石榴飘香》——是一年半。马尔克斯回忆：在最后一天的十一点钟光景，他完成了这部小说，当时妻子不在家，他想把这个消息打电话告诉别人，竟也找不到任何一个人来分享。那种感受，是卸下担子后的失重感，也是一种幸福的手足无措。

小说开头最难，马尔克斯写《百年孤独》的开头肯定难上加难。我曾在某个文学讲座中听过这样的理论：在长篇小说的写作中，开头部分的那些文字和段落，应该能射出一束光，这束光可以穿透小说的前半部分，而在小说的最后，那些文字能射出另外一束光，穿透小说的后半部分，而在这本书的中间，这两束光能够相遇。《百年孤独》的开头和结尾，是具有这样的艺术穿透力的。

马尔克斯在《百年孤独》的开头部分这样写道：

许多年之后，面对行刑队，奥雷良诺·布恩地亚上校将会回想起，他父亲带他去见识冰块的那个遥远的下午。

短短一句话中包含了三个时空。相对于"许多年之后"，叙述中有一个当下的存在，这个当下的时空尽管模糊不清，却非常重要，它处在见识冰块和面对行刑队之间，也就是奥雷良诺·布恩地亚成长期中的某个时刻。奥雷良诺面对行刑队是未来必定会发生的重要事件，作家在一开头就提前泄漏了这个信息，让整个故事带上了一种不可抗拒的宿命感。而奥雷良诺在未来生死攸关的时刻，他的思绪会穿越未来和现在，一直往回走，带领读者回到故事的起点，那时候，马贡多还是一个全新的天地，河心洁白光滑的巨石宛如史前动物留下的巨大的蛋，许多东西尚未命名……《百年孤独》的故事就这样开始了。

《百年孤独》是魔幻的，也是现实的。魔幻在于作家的叙述方式。马尔克斯深受卡夫卡的影响，当他还是个学生时，他躺在床上看卡夫卡的《变形记》，小说的第一句话是："一天早晨，格里高尔·萨姆沙从不安的睡梦中醒来，发现自己躺在床上变成了一只巨大的甲虫。"马尔克斯的反应是："他娘的，原来可以这么干哪。"这种荒诞的写法和他的童年经验奇异地重合了，他从小听着外祖母那些令人毛骨悚然的故事长大，所以，为什么不能采用这样的方式来写小说呢？

《百年孤独》里有神奇智慧的吉卜赛人，有吃泥土的小姑娘，死去的人在村子里游荡，感染了失眠症的人们几个月不用睡觉……魔幻的极致处是俏姑娘雷梅苔丝的飞升，她裹着床单飞向布满金龟子和大丽花的天空，从此永远消失在太空之中。

但魔幻现实的落脚处还是在于现实。马尔克斯很早就发现了任意臆造和凭空想象的危险，他认为："创作的源泉永远是现实。而虚幻，或者说单纯的臆造，就像沃尔特·迪斯尼的东西一样，不以现实为依据，最令人厌恶。"所以在《百年孤独》中，即使是荒诞如俏姑娘雷梅苔丝飞升这样的情节，其实也是有着现实的来源的，事实是：一个老太太的孙女逃跑了，为了掩盖真相，老太太逢人便说孙女飞上天了。

小说的结尾处，布恩地亚家族的最后一代被蚂蚁啃噬，只剩下一张干枯的皮，第六代的奥雷良诺终于读懂了一百年前吉卜赛人墨尔基阿德斯为布恩地亚家族写下的羊皮书，这个家族的所有故事都写在羊皮书上。奥雷良诺大悟大彻，正在这个时候，狂怒的飓风吹来，属于布恩地亚家族的房屋、羊皮书，以及奥雷良诺一起随风而逝，并且彻底消失在人们的记忆中。最后部分的文字，在对往事的匆忙回顾中戛然而止，有力地收结全文，喧嚣的孤独最终回归寂静。可以说，小说的结尾部分也闪耀着精炼而奇幻的光芒，并不逊色于那个经典的开头。

塞林格的《麦田里的守望者》用第一人称来写，叙述者霍尔顿是个十六岁的中学生，跟我第一次读这本小说时的年纪差不多，当时我并没有产生多少同龄人的共鸣，因为霍尔顿的中学生活：看橄榄球比赛，参加击剑队，约会，打架，考试不及格，被开除……对我来说相当陌生。

但我可以体会到霍尔顿的孤独。出了学校以后，不管在什么场合——火车上，宾馆，夜总会，酒吧——霍尔顿都像一个走错了时空的闯入者，做什么都不合适。他用脏话和谎话来武装自己，但也只是更加凸显了青少年面对成人世界时的幼稚可怜。

在纽约游荡的两天里，霍尔顿很少一个人待着，他懂得时不时给自己找点儿事做，去跳舞，召妓，跟女朋友约会，找朋友聊天，但他还是觉得寂寞极了。因为他讨厌遇到的大部分人，那些粗俗不堪、假模假式的人。霍尔顿是厌世的，就像他的小妹妹菲芯说的："你不喜欢正在发生的任何事情。"所以他的孤独，是人群中的孤独，是无法与这个世界和解的孤独。

在这本小说中，有三个场景让我印象深刻。

第一个场景，是霍尔顿逃离半夜猥亵他的老师家，在车站过了一夜后，在路上独自行走。这时候他极度虚弱，在穿过马路时，他忽然产生了一种永远也无法走到街对面的感觉，他在浑身冒汗、难以喘息中，假装跟已经死去的弟弟艾里对话："艾里，别让我失踪。艾里，别让我失踪。艾里，别让我失踪。劳驾啦，艾里。"在无望中，霍尔顿想不到有任何活着的人可以求助和依靠，长久以来，他就已经习惯在沮丧时和死去的弟弟对话。有人说霍尔顿是文学史上最孤独的人物之一，我认为这个场景描写确实可以为这一说法提供佐证。

第二个场景，是霍尔顿偷偷回到家中和小妹妹菲苾见面，临走时霍尔顿向菲苾借钱，菲苾掏出了所有的钱："八块八毛五。六毛五。我花掉了一些。"霍尔顿忍不住哭起来。在这个糟糕的寒冷的冬天，他感受到的唯一的温暖来自一个孩童。

第三个场景，是霍尔顿向菲苾讲述他的理想，也就是这本书名字的由来：

不管怎样，我老是在想象，有那么一群小孩子在一大块麦田里做游戏。几千几万个小孩子，附近没有一个人——没有一个大人，我是说——除了我。我呢，就站在那混账的悬崖边。我的职责是在那儿守望，要是有哪个孩子往悬崖边奔来，我就把他捉住——我是说孩子们都在狂奔，也不知道自己是在往哪儿跑，我得从什么地方出来，把他们捉住。我整天就干这样的事。我只想当个麦田里的守望者。我知道这有点异想天开，可我真正喜欢干的就是这个。我知道这不像话。

其实无论是过去，还是现在，《麦田里的守望者》从来不是我所喜欢的那类小说，我读到这本小说纯属偶然，但任何时候重读，我都仍会被这段话深深打动。这段话的寓意很明显：人从孩童的阶段走向成年，是一个容易丧失纯真的过程，这是一个让人难过的事实，霍尔顿，或者说，塞林格本人，他们的理想是要守护孩童的纯真，其实也就是守护人性中的纯真。令人沮丧的是，不论何时何地，愿意做麦田里的守望者的人总是少数，这将永远是一种孤独的理想。即便是塞林格自己，到最后除了离群索居守住他自己，别的什么也做不了。

塞林格出生在繁华热闹的纽约，三十出头时出版了《麦田里的守望者》这部小说，获得了巨大的名声，然而成名后，塞林格却搬到了人迹稀少的新罕布什尔州的乡间，避世隐居。如果你知道那地方有多冷清，你就会了解塞林格远离人群的决心有多坚定。

我少时所读，以文学书居多，以上所记，是至今仍记忆犹新的一些小说。

文学当然是生活的反映，但两者并不完全一致，于我而言，我总是愿意亲近文学，而告诫自己须以端然的态度来对待生活，因为生活不容胡闹，而文学最是耐心包容，它既愿意等待读者的成长，也容得下人生中的丰富多元。

如今，读小说的人比从前少了，这是让人感到遗憾的现实，而写小说也就成了更加孤独的事情，好在作家们对此早有心理准备，如马尔克斯所说的："在文学创作的征途上，作家永远是孤军奋战的，这跟海上遇难者在惊涛骇浪里挣扎一模一样。是啊，这是世界上最孤独的职业。谁也无法帮助一个人写他正在写的东西。"但是即使明知没有回报，我想还是会有人愿意不畏艰难、勤勤恳恳地写下去，这些人，是文学中的孤独守望者，我对他们充满敬意，并诚心正意地期待有一天他们能够抵达伟大的彼岸。

图书在版编目（CIP）数据

温柔的河流 / 李娟著. -- 杭州 ：浙江大学出版社，
2021.9（2024.11重印）
ISBN 978-7-308-21726-2

Ⅰ．①温… Ⅱ．①李… Ⅲ．①散文集－中国－当代
Ⅳ．①I267

中国版本图书馆CIP数据核字(2021)第180056号

温柔的河流

李娟　著

责任编辑	胡　畔
责任校对	吴　超
封面设计	周　灵
出版发行	浙江大学出版社
	（杭州市天目山路148号　　邮政编码　310007）
	（网址：http://www.zjupress.com）
排　　版	杭州林智广告有限公司
印　　刷	广东虎彩云印刷有限公司绍兴分公司
开　　本	880mm×1230mm　1/32
印　　张	6.375
字　　数	120千
版 印 次	2021年9月第1版　2024年11月第6次印刷
书　　号	ISBN 978-7-308-21726-2
定　　价	48.00元